AF131902

UNE SOIREE AVEC LU

Stéphanie ALBIN

UNE SOIREE AVEC LU

Couverture et illustrations intérieures : Guillaume Albin

© 2022, Stéphanie Albin
Édition : BoD – Books on Demand, info@bod.fr
Impression : BoD – Books on Demand, In de Tarpen 42,
Norderstedt (Allemagne)
Impression à la demande
ISBN : 978-2-3224-2354-5
Dépôt légal : novembre 2022

A tous ceux dont l'amour, l'affection et la bienveillance m'ont permis de grandir, de m'épanouir et d'être,

aujourd'hui,

une femme debout.

« Entrez par la porte étroite. Elle est grande, la porte, il est large, le chemin qui conduit à la perdition ; et ils sont nombreux, ceux qui s'y engagent. »

La Bible,
Nouveau Testament,
« Evangile selon Saint Matthieu », 7, 13,
traduction de l'AELF.

Chapitre 1

C'est à peine si les scientifiques spécialisés dans la surveillance des galaxies avaient noté un léger remous dans l'univers. Pour les astronomes qui le perçurent toutefois, il était parfaitement inexplicable et les discussions allaient bon train : collision entre deux univers rendue soudainement visible par un dégazage inattendu d'hydrogène à la frontière de notre bulle espace-temps ? Evénement cosmique imputable à l'explosion d'un Super-magnétar ? Fiente de mouette sur le télescope ? Les avis divergeaient, les noms d'oiseaux s'échangeaient par dizaines, les théoriciens désabusés tentaient d'oublier dans le whisky leurs tableaux Velleda couverts de formules rendues tout d'un coup parfaitement obsolètes. Tous ces grands savants se tirant les cheveux avec de grandes questions ignoraient que, tout simplement, avait lieu quelque part une discussion au sommet.

« Mais que viens-tu Me raconter là ? entendit-on tonner à travers toute la voûte céleste.

— Je Te dis que Tu n'es plus Personne. Ta puissance décline. Tu n'inspires plus ni crainte, ni ferveur. Regarde ce monde que Tu as créé. Les hommes ne s'occupent plus de Toi. Tu les as voulus libres ? Ils se sont emparés de cette liberté et c'est pour eux qu'ils travaillent désormais, pour leur petit confort, leur bien-être, leur plaisir… Et Toi dans tout ça ? Tu n'occupes plus leurs pensées, ils ne T'honorent plus comme ils le devraient. Tu es réduit à une vague idée que l'on…

— Suffit ! Tu sais très bien que tout cela est faux. Ce sont Mes enfants. Et chaque enfant est amené à se détacher de ses parents pour devenir pleinement adulte, mais il est sûr qu'au fond de son cœur son père est et sera toujours là pour lui. Alors pourquoi viens-tu M'importuner aujourd'hui ?

— Oh, Tu sais… Je m'ennuie, c'est tout… C'est tellement facile d'obtenir les âmes… Même plus besoin d'être inventif de nos jours… Au placard les effets pyrotechniques ! Rouillées les fourches ! Aucun combat n'est plus nécessaire… C'est du tout cuit ! Tu Te voiles la Face, mon Ennemi : même Ton Eglise n'est plus rien, Tes enfants sont devenus tellement tièdes qu'ils ne méritent plus d'être appelés croyants ou vivants… Ils n'ont pas encore expiré leur dernier souffle qu'ils sont déjà morts. Ils n'invoquent plus Ton nom, ils ne le connaissent plus. Tiens, l'autre jour, Tu Te souviens, cet homme qui allait se noyer dans le lac ? Tu lui as glissé bien distinctement : « Donne un coup de talon et remonte ! » Il T'a entendu, il l'a fait, il a sauvé sa vie. Enfin, « sauvé », c'est vite dit ! A-t-il le lendemain changé de vie ? S'est-il tourné vers Toi ? T'a-T-il remercié, en pleurs, pour la grâce incroyable que Tu lui as faite ? Non, il a repris son train-train, tout juste troublé par cet événement auquel il repense parfois, mais sans comprendre. Parce que ces hommes n'ont plus que « des principes », « des valeurs », ils sont « solidaires »… La belle affaire ! Les athées aussi ont « des valeurs » ! Tu sais quel est le comble de tout cela ? Je n'en effraie plus beaucoup, y compris parmi Tes prêtres, puisqu'ils ne croient plus en moi, ah ah ah ! Il serait temps que Tu reconnaisses ma victoire… C'est désormais le temps de l'Homme nouveau, MA créature : l'avènement de l'Homo Satanicus !!!

— As-tu fini ? Réponds plutôt à Ma question : en vérité, que veux-tu ?

— Ah, je dois avouer que Tu me connais bien. Vois-Tu, j'ai besoin d'occuper mon immortalité par de stimulantes entreprises. Et je Te parie que je suis maintenant en capacité de conquérir n'importe quelle âme, même celle d'un être plutôt bon et – je suis prêt à aller plus loin : sans même recourir à mes armes habituelles.

— Toi, ne pas mentir, ne pas séduire, ne pas tenter, ne pas terrifier, ne pas menacer ?! Allons bon !

— Exactement ! Je suis sûr qu'en disant l'entière vérité à un homme sur moi-même, je saurais l'amener à me choisir plutôt que Toi.

— Ah, Satan, tu n'apprendras donc jamais… Toujours aussi présomptueux ! Eh bien, soit, j'accepte ton pari. A une seule condition : tu ne devras dire que la Vérité, rien que la Vérité à celui vers qui Je t'envoie. Et le voici, ton juge : Michel Pépin, un médecin qui est, Je te préviens bien que tu sois si sûr de toi, l'un de Mes fidèles. Je vais Te le présenter…

— Ne Te fatigue pas, je le rencontre déjà fort régulièrement à travers ses patients depuis quelques années. J'accepte cet homme. Mais prépare-Toi à être déçu : dans quelques heures, il sera à moi. »

*

Grommellements. Comment diable trouver la bonne clé pour rentrer chez soi à 21h30, quand le lampadaire est à cent mètres et qu'il ne diffuse qu'un halo jaunâtre qui peine à percer le brouillard enserrant le quartier ? Et ce ne sont pas les doigts engourdis par le froid de novembre qui vont aider !

Rentrer, vite, fermer la porte, balancer les clés sur la petite table de l'entrée, ôter son manteau et se débarrasser de ses chaussures. Flemme de faire un feu dans la cheminée du salon : monter plutôt le thermostat du chauffage électrique. Frissons. Satané radiateur, encore froid ! « Radiant économique », tu parles !

L'homme étend ses doigts, les fait craquer, les frottant avant de les étendre sur le radiateur jusqu'à ce qu'enfin il daigne se mettre à fonctionner. Il pousse un soupir d'aise, reste quelques instants contre le métal tiède, puis passe à la suite de son programme : manger.

Il se dirige vers la cuisine. Dans le congélateur, il reste une pizza surgelée. Ça fera l'affaire. Il allume le four. Pendant ce temps, il vérifie son répondeur. Pas de message, tant mieux, pas envie de parler ce soir (surtout pas à sa mère !), après ce qu'il vient de vivre. Il retourne au salon, allume la télévision, s'assoit quelques minutes dans son large fauteuil, zappe d'une chaine à l'autre, peu convaincu par les programmes. Il se relève, le four est à température, la pizza peut être enfournée. Il bâille, s'étire. Tiens, s'il prenait une bière en attendant ? Dans le frigo, il saisit la petite bouteille. Un mini paquet de chips semble l'attendre sur l'étagère à côté. Tant pis pour la campagne gouvernementale sur l'alimentation saine qui encombre le tableau d'affichage de la salle d'attente de son cabinet ! La semaine a été comme toujours plus que chargée. Il reste encore demain matin samedi avant une brève pause. En ce moment, c'est la saison des grippes, gastros et rhinos. Les enfants se contaminent allègrement à l'école et les familles en fin de semaine reçoivent le joli cadeau ! Mais le coup de grâce, ç'avait été l'appel de la gendarmerie à 19h15, alors qu'il était en pleine consultation avec le petit Maxime, 6 ans, qui avait entrepris de repeindre sa moquette couleur vomi.

« Allô, docteur Pépin ? Nous avons une urgence, venez au plus vite. »

Terminer rapidement d'ausculter l'enfant, rédiger rapidement l'ordonnance, et annoncer au dernier patient dans la salle d'attente pour son rendez-vous de

19h30 qu'il ne pourra pas le prendre. Demain matin plutôt ? Sitôt la situation arrangée (par chance, la dame s'est montrée très compréhensive, ce qui est assez rare), il a fermé le cabinet et sauté dans son véhicule avec le matériel. C'était à vingt minutes de là, en plein milieu de nulle part, un grand corps de ferme, entouré de plusieurs bâtiments agricoles pour les machines et les bêtes. Il n'a pas tout bien vu, un épais brouillard avait envahi la plaine, mais ça avait l'air important. Les gyrophares des véhicules de gendarmerie et de pompiers transperçaient la nuit de leurs flashs réguliers. Dès son arrivée, le médecin avait compris : encore un suicide.

Depuis son arrivée dans cette campagne considérée comme un désert médical, il y avait huit ans de cela, il ne comptait plus le nombre de pendus qu'il avait décrochés. Il avait accepté de s'installer ici après sa rupture avec Séverine. Ils filaient le parfait amour et devaient se marier six mois plus tard. Mais par un beau soir de juin, elle lui fit la double surprise d'une invitation à diner et d'une rupture au dessert. Ç'avait été le choc ! Quand il y repensait, il ne subsistait dans sa mémoire que l'image de la bague de fiançailles qu'elle retirait de son doigt et déposait sur la table, puis de cette jeune femme – cette étrangère qu'il pensait si bien connaître – qui se levait, enfilait son manteau et s'en allait, sur fond de piano jazz… Et ce n'était pas le rythme effréné de l'hôpital qui avait permis au jeune interne parisien de s'en remettre. Alors quand il avait vu cette proposition d'une mairie, du côté d'Auxerre, qui cherchait pour la commune et ses environs un médecin généraliste en lui facilitant son installation, sitôt sa formation finie, il était parti sans regret le lendemain de ses trente ans, pour un nouveau départ.

Le contact avec la patientèle était bien différent de l'hôpital. Le jeune médecin dut apprendre à faire face à la misère sociale des zones rurales sinistrées, bien plus visible qu'à Paris : jamais jusque-là il n'aurait imaginé voir autant de suicidés, souvent des agriculteurs pris dans l'infernale spirale du surendettement, de la solitude et de la dépression dont ils n'arrivaient pas à s'extraire.

Ce soir-là, l'homme qui avait mis fin à ses jours avait dans les cinquante ans. Il portait son bleu de travail et ses bottes. Il avait fixé une corde à l'énorme poutre maîtresse de sa grange, à plus de trois mètres du sol. Malgré la hauteur, le médecin nota d'un simple coup d'œil l'œdème et la cyanose bien visibles au niveau de la face et de la langue. Il vit par terre l'échelle qui avait servi au malheureux à monter et qu'il avait repoussée pour se donner la mort. L'homme ne s'était laissé aucune chance. Professionnel, le médecin prit des notes pour son rapport, puis aida les pompiers à descendre le corps. De près, le cadavre était encore plus impressionnant, les yeux vitreux entrouverts, la bouche déformée dans un rictus grimaçant : c'était la mort elle-même qui venait narguer et effrayer les vivants, pensa-t-il en frissonnant de froid – ou de malaise ; il ne savait plus trop. Les pompiers emportèrent le corps pour l'autopsie qui serait pratiquée à la morgue par un médecin légiste. Mais le plus dur restait toujours, au-delà de l'horreur du spectacle de la pire des violences, le face-à-face inévitable avec ceux qui survivaient à ce drame, conjoint et enfants bouleversés par cette intrusion incompréhensible de la mort dans leur quotidien. Que dire quand on ignore tout de la vie des gens avant cette tragédie ? Quels mots avoir, quels gestes poser, pour ces inconnus que vous percevez pourtant immédiatement comme vos frères en humanité ?

Le four émet un petit « ding ! » : la pizza est enfin prête. Il était temps ! Il commençait à faire vraiment faim et les chips lui ont ouvert l'appétit – si besoin en était ! Il retourne au salon avec son assiette et le reste de sa bière. Quelques coups avec la roulette pour découper des parts et le tour est joué, il n'y aura même pas besoin de couverts. Tiens, c'est vrai, vendredi soir, il y a l'émission de survie Toh Rantah. Pff, tout est scénarisé ; mais au moins on sait que tout finit toujours bien, pas comme dans la vie, pense-t-il un peu amer. Ça fait combien de temps que je n'ai pas pris de vraies vacances ? Allez, s'asseoir, prendre le temps de manger, de décompresser et puis au lit, ce sera encore une fois bien mérité !

Alors, enfin, le médecin s'autorise à se détendre un peu. Il se dit qu'il faudra que demain soir, au calme, il regarde son agenda et qu'il bloque une semaine à Pâques pour partir se reposer et se changer les idées. Ah, c'est pas vrai, déjà la pause publicitaire ! Mais la première épreuve entre les deux équipes n'est même pas terminée ! Qu'importe, il en profite pour aller aux toilettes. Quand il revient, la publicité n'est pas encore finie. Il se rassoit, agacé, et reprend son assiette. Ah ça y est, ça redémarre. Les deux équipes étaient au coude-à-coude ; laquelle va gagner les cinq kilos de riz pour améliorer son confort sur le camp ? Question inepte qui témoigne bien de l'absurdité d'un monde où des gens qui n'ont jamais manqué de rien partent au bout du monde pour découvrir ce que ça fait de crever la dalle au soleil. Bah. Ça le berce. Bientôt, repu et alcoolisé, il pourra sombrer dans l'oubli salvateur en rêvant de cocotiers.

DING DONG.

Le sursaut a manqué faire chuter son assiette sur le tapis. Un coup d'œil à l'horloge de son vieux lecteur de DVD lui indique 21h58. QUI peut bien sonner chez quelqu'un à 21h58 ?!! s'interroge-t-il, bouillant d'exaspération. Pourvu que ce ne soit pas une urgence encore, chez les voisins ou ailleurs. Il pose son assiette, regarde tristement le bout de pizza qu'il se résigne à devoir finir froid et s'en va ouvrir à l'importun... Une bouffée d'air glacé s'engouffre aussitôt dans le couloir.

Dans l'encadrement de la porte, se tient un homme d'imposante stature et de belle prestance, mais d'un âge indéfinissable. Sur son visage presque invisible, à contrejour de la lumière mourante du réverbère, il devine plus qu'il ne perçoit un sourire se voulant amical mais curieusement figé.

« Oui ? demande le médecin de son ton le plus cassant, en réalité très impressionné et pressé de briser le silence de plomb entre lui et ce visiteur qui semble le dévisager avec... quoi ? De l'avidité ?

— Bonsoir Michel. Je suis tellement heureux de venir chez toi ce soir.

— Pardon ?

— Tu as bien entendu. Allons, on ne va pas rester à discuter toute la nuit sur ce paillasson. Je te remercie beaucoup de ton hospitalité. »

Michel réagit d'instinct : il claque la porte. Il a l'habitude des cinglés qui n'ont pas pris leurs médicaments – l'hôpital psychiatrique du secteur en relâche quotidiennement au rythme des fermetures de lits – mais rares sont ceux qui viennent le harceler jusque chez lui. Si jamais celui-ci s'avère être un forcené, autant se rapprocher du téléphone et pré-composer le numéro des flics. Il se dirige à pas résolus vers le salon… et reste muet de stupeur.

Le type est là. Dans son fauteuil. Il le voit à la lumière vive du feu crépitant dans la cheminée. Cheminée qu'il avait négligée d'allumer en rentrant. Des tas de pensées se carambolent dans sa tête. Il essaye de faire le tri et ne parvient à en garder qu'une seule : « C'est QUOI cette connerie à la Dickens ? ». Rassemblant son courage, les genoux flageolants, il pose un pied dans la pièce en priant secrètement de réussir à garder sa dignité et le contrôle de la situation. Il voit bien que l'autre a perçu l'emballement de ses émotions. Le petit sourire amusé qu'il arbore est exaspérant. Tout autant que le tapotement faussement bienveillant et réellement injonctif sur l'assise du canapé :

« Viens donc t'asseoir ici, mon ami. Après la journée que tu as eue, finis au moins ton diner. Regarde !

Ta pizza est déjà froide. Ne t'inquiète pas, je m'occupe de tout. Prends place », insiste-t-il.

Théâtralement, il agite la main dans un geste d'invitation : aussitôt le fumet du fromage chaud se répand dans la pièce, réveillant l'appétit de Michel. Mal placée par rapport au canapé, la petite table glisse jusqu'à une position plus adéquate pour lui permettre de s'y asseoir pour manger, comme si c'était la chose la plus naturelle du monde. La télévision est éteinte (la télécommande posée sagement à côté d'elle, à plus de deux mètres du mystérieux intrus !) et, bien que tous ses neurones lui hurlassent de fuir, le jeune médecin sent qu'il n'y a aucune échappatoire possible. Prenant une profonde inspiration, il serre les poings et se dirige vers le canapé pour y prendre place.

« Vas-y, finis ton dîner, je t'ai interrompu », insiste-t-il. Pause. Voyant que Michel ne desserre ni les dents ni les poings, il ajoute, cauteleux : « Je peux te faire la conversation pendant que tu manges pour t'aider à te détendre. Veux-tu savoir qui je suis ? D'où je viens ? Je ne me suis pas vraiment présenté, et j'imagine que tu aimerais savoir ce que je viens faire chez toi… »

Michel fait mine d'acquiescer. Il porte enfin à sa bouche l'ultime part de pizza, après avoir soufflé dessus pour ne pas se brûler. L'autre ne le quitte pas du regard, visiblement satisfait du lent mouvement d'automate de sa mastication. Il enchaîne :

« Alors voilà. Cessons de tergiverser. Je crois que tu as en réalité une petite idée au sujet de mon identité. Non, je ne suis pas l'un de ces schizophrènes ou de ces sociopathes que tu côtoies parfois et que tu tentes d'aider et de soigner. Menu fretin que ces gens-là ! Moi, je suis le Prince de ce monde, Satan, dit aussi Lucifer. Et même si tu aurais raison de me craindre, car en vérité mon pouvoir est immense et ma haine insondable, tu peux être en paix : ce soir, je ne suis pas en mesure de te nuire. »

Michel cesse de mâcher. La tirade de son interlocuteur avait commencé comme une bravade et s'était achevée presque dans une plainte, comme si elle lui avait été arrachée dans la douleur. Cet étonnant aveu de faiblesse rompt sa fascination, comme une proie qui, libérée du regard du prédateur, retrouve ses esprits et sa liberté d'action.

« Au nom de Jésus, disparais ! Je te l'ordonne, sors de là, au nom de Jésus ! »

Dressé d'un bond, le ton autoritaire, la posture rigide et le geste conjuratoire trop forcé, Michel a tout du Père Caras dans le film *L'Exorciste*. En fait, c'est sa seule référence dans le genre. En tant que chrétien « ordinaire », il n'est pas particulièrement formé à faire face à ce type de situation ; le clergé estime sans doute les chances de se retrouver face à face avec le Diable dans son salon trop faibles pour justifier la formation des paroissiens au petit exorcisme de Léon XIII. Pas assez rentable, mon fils. De toute façon, l'autre n'a pas cillé. Il lance d'un ton agacé :

« Ne te fatigue pas, Michel : si je suis là, c'est avec Sa permission. Nous avons fait un pari, Lui et moi : je lui ai affirmé que j'ai tellement conquis le cœur de l'Homme que moi, le Déchu, serais en mesure d'amener n'importe qui à me choisir sans pour autant recourir à mes manières habituelles : sans tenter, sans mentir, sans menacer, sans séduire, sans corrompre. Je dois dire la Vérité, Michel. Toute la simple, l'ignoble, la sordide Vérité. Tu n'as rien à craindre. Toi seul, demain matin, décideras du devenir de ton âme. »

Le ton sec et froid qu'il emploie, contrastant avec ses airs triomphants du début, claque avec les accents de la sincérité et renvoie Michel au fond de son canapé, complètement ahuri.

« Pourquoi ? Pourquoi moi ? »

— C'est Dieu qui a fixé les règles. Plains-toi à Lui si ça ne te convient pas. Mais ça m'étonnerait qu'Il revienne sur son choix : tu sais comme Il aime mettre à l'épreuve Ses fidèles, n'est-ce pas ? »

Michel encaisse le coup. Dieu l'a choisi ? Mais pour faire quoi ? Débattre, argumenter, combattre ? Il ne comprend pas. Son esprit fait des ratés, comme un vieux moteur défaillant ; mais au moins recommence-t-il à tourner, fût-ce misérablement.

« Alors, que dois-je faire ? Que veut-Il que je fasse ?

— Oh, rien d'impossible, rassure-toi ! Nous allons discuter, toi et moi, comme deux vieux amis. Je vais te raconter des histoires d'autrefois et d'aujourd'hui, pour que tu comprennes qui je suis, qui tu es, et pourquoi je suis le seul choix logique. Et si à la fin tu choisis de continuer à servir ce vieux barbon dépassé, je m'en irai comme un mauvais rêve au matin. Tu vois, c'est simple et sans danger. Je suis même sûr qu'à ta place, n'importe qui serait déjà en train de profiter honteusement de ma faiblesse temporaire pour m'inonder de questions.

— Mais je sais qui tu es et on m'a appris qu'on ne parle pas avec toi.

— Ah Michel, Michel, le bon boy-scout. Tu fais honneur à madame Meunier, ta gentille catéchiste. Eh bien, commençons par une leçon ! Que sais-tu exactement de moi ?

— Ce que je sais ? Que tu étais un ange créé pour servir Dieu et que tu t'es révolté contre ton Créateur. Tu as tenté les hommes dans le jardin d'Eden et tu les en as fait bannir.

— Ah oui ! L'Eden, le Serpent, tout ça… Une belle fable exprimant une réalité bien complexe, mais hélas trop souvent prise au pied de la lettre. Je crois que cette pomme va me rester coincée dans le gosier jusqu'à la fin des temps.

— Quoi ? Ce n'est pas toi qui as causé la chute de l'Humanité ?

— Si ! Et j'en suis fier ! Mais tu imagines bien que le coup du fruit avec une tête de mort dessus, c'est un peu trop « Tex Avery » pour être honnête, non ? Allons, tu ne peux pas me dire que tu n'es pas d'accord… Tu avais même dessiné une tête de Droopy à Adam sur ton cahier en deuxième année de caté. Ça avait beaucoup fait rire ton copain Nicolas, d'ailleurs…

— De… ? Comment… ?

— Tu n'arrives toujours pas à admettre que je sois celui que je prétends être, hein ? Pas grave. Prends le temps d'intérioriser. Tu veux boire quelque chose ? »

Michel en est comme deux ronds de flan. Force est d'admettre qu'il a la gorge très sèche.

« Je… Je vais faire du café.

— Mais bien sûr, fais donc ! Comme au bon vieux temps de l'hôpital ! Tu te souviens des gardes de nuit que tu enchainais quand tu étais interne ? En as-tu bu alors, des litres de café ! »

Sans relever, Michel se dresse comme un automate et se dirige vers la cuisine. Les gestes mécaniques de la préparation du breuvage lui permettent de retrouver une contenance. L'Autre, toujours assis, continue de parler – plus fort.

« Mais oui, je te suis depuis longtemps… Oh, ce n'est pas tellement toi qui m'intéresses, encore que… je ne néglige aucune opportunité. Tu n'es pas un très bon client de ma maison mais on se croise de loin en loin, grâce à ton métier… Tiens, il y a quelques heures encore, tu m'as rencontré. Mais si : chez Robert Magnon ! Son suicide, je crois que je n'y suis pas totalement étranger… Pousser les hommes au désespoir, c'est comme qui dirait mon fonds de commerce ! »

Michel manque de laisser choir une tasse. Les images du mort se bousculent devant ses yeux, télescopées avec ses noires pensées. Il peut avoir la réponse à la question qui l'a obsédé toute la soirée…

« Pourquoi cet homme s'est-il donné la mort cet après-midi ? Il avait une famille, une belle exploitation agricole… Pourquoi ?

— Oh oui, en apparence il était bien entouré. Mais il ne venait pas de ce milieu. Il s'était reconverti il y a une vingtaine d'années, après une perte d'emploi et un début de dépression. Fuir la région parisienne, sa pollution et le stress qu'elle générait lui avait semblé parfait pour redémarrer une nouvelle vie, au bon air de la campagne, idéal pour y élever des enfants au contact de la nature. Mais ces dernières années, comme d'autres agriculteurs, il avait investi dans du matériel performant pour travailler ses terres et nourrir ses bêtes. Il ne se versait plus de salaire et craignait que sa femme se lasse. Il avait du mal à rembourser la banque. Depuis septembre, il n'y arrivait plus. Alors il a demandé de l'aide à la famille, en vain. Il n'avait pas encore compris jusque-là qu'ils le méprisaient d'avoir fait ce choix d'une vie plus simple, qu'ils ne comprenaient pas et jugeaient de loin – et de haut – simpliste. Sa sœur était son dernier espoir, mais elle aussi a refusé. Il s'est senti pris à la gorge. C'est bien pour cela qu'il a noué la corde à son cou. Se faire mal jusqu'à ne plus sentir qu'on a mal.

— Tu as incité sa sœur à lui refuser son soutien ?

— Pour être parfaitement honnête avec toi comme il me l'a été demandé, je n'ai pas fait grand-chose. Ça fait des années qu'elle portait en elle une sourde rancœur contre son frère, une vague jalousie qu'il ait eu le courage d'aller à contre-courant de la pensée familiale quand elle, elle s'était sentie obligée de coller à l'image que l'on attendait d'elle, la réussite d'un confort petit-bourgeois bien-pensant, quitte à étouffer ses aspirations propres qui, en réalité, n'étaient pas très éloignées de celles de son frère. Elle était déjà prête, toute seule, à lui faire du mal. Tu sais, les hommes sont vraiment tous de mon côté maintenant... Ils sont devenus très individualistes. Bien sûr, de temps en temps, ils ont besoin de se donner des airs avec de grandes déclarations de solidarité, de générosité. Regarde : dès qu'il y a une famine ou un conflit à des milliers de kilomètres de là, ils envoient du matériel, des vivres, ils organisent des événements pour collecter des dons, alors qu'ils sont incapables de prendre soin de leur vieille mère ou déshéritent leurs propres enfants. Ils font mon travail à ma place et je ne m'en plains pas. »

Un silence pesant suit cette déclaration. Michel ne connait que trop bien ces situations et sait que son hôte dit vrai.

« Attention, ton café va bouillir. »

Quelques minutes plus tard, Michel revient avec un plateau chargé de tasses, cuillers, biscuits et cafetière remplie. Avec un peu d'hésitation, partagé entre le test et la politesse, il propose le breuvage fumant à son invité importun, que celui-ci décline dans un grand éclat de rire !

« Je t'ai dit que je suis Satan. Ma nature n'est pas la tienne. Je suis bien obligé de choisir un aspect pour t'apparaître, mais je suis un esprit. Je n'ai pas besoin de tes nourritures grossières. Peut-être ai-je choisi une forme trop conventionnelle à ton goût ? En apprécierais-tu une autre ? »

Aussitôt, une multitude de formes se succèdent en quelques fractions de seconde dans le fauteuil occupé par l'intrus. Entre autres : une magnifique jeune femme à la chevelure blonde, une grand-mère toute ridée à lunettes et chignon gris, un adolescent boutonneux, un chien couvert de puces, une sorte de monstre cornu à pieds de bouc et un répugnant serpent poilu vert pourvu d'ignobles pattes courtaudes et griffues, et qu'il choisit de conserver assez longtemps pour faire un clin d'œil. Il revient tout de même à son apparence initiale, arborant un petit sourire satisfait.

« Je suis Lucifer, Satan, le Diable, Belzébuth, le Léviathan, le Dragon à sept têtes et dix cornes de l'Apocalypse… Sinon – et c'est bien parce que c'est toi, tu peux aussi juste m'appeler Lu. »

Son plateau toujours à la main, Michel prend quelques secondes avant de s'en retourner vers la cuisine en bredouillant :

« J'ai oublié le sucre. »

Sa tasse à la main, il touille en silence. Une fois le sucre convenablement dissout, il tapote la cuillère sur le bord de faïence, prend une gorgée. L'horloge du four indiquait 22h15 à la cuisine, tout à l'heure. Il avait essayé de se pincer pour vérifier qu'il ne rêvait pas, peine perdue ; il lui faudrait affronter cet épisode délirant de front. Son intellect, enfin revenu de son exil forcé, reprenait peu à peu du poil de la bête. Dieu bénisse la caféine, cet auxiliaire bienveillant des esprits éprouvés.

« Tu dis que tu n'y es pas pour grand-chose dans la mort de Monsieur Magnon. Mais la mort, c'est bien toi qui l'as introduite dans le monde. Parce qu'après l'épisode de la Chute (avec ou sans pomme), les hommes ont perdu la Grâce… Ils ont découvert le labeur, la souffrance… et la mort.

— Je n'ai pas « inventé » la mort. Les êtres vivants naissent, vivent et meurent depuis que le monde est monde, je n'y suis pour rien ! Aucun invertébré n'a jamais commis de péché, ça n'a pas empêché les catastrophes planétaires de s'enchaîner et de les faire disparaître en masse à plusieurs reprises… Crois-moi, si tu avais connu l'homme à ses débuts, tu aurais eu du mal à lui accorder les qualités surnaturelles que vous prêtez à vos illustres premiers parents. Issus d'une lignée de pithécanthropes mal dégrossis, accouplés à des cousins au front bas, on ne peut pas dire qu'ils faisaient vraiment rêver ! Mais Dieu les a effleurés. Ils étaient innocents, naïfs. J'ai eu grand plaisir à semer les graines de la révolte chez eux. Il n'aura pas fallu attendre longtemps avant d'en voir les fruits mûrir et se multiplier.

— Il y a plusieurs formes de mort. Il y a celle qui arrive en son temps, et celle que l'on donne par colère, haine ou négligence. La mort, quand elle vient par la main de son frère ou de sa sœur comme pour Monsieur Magnon, c'est bien de ta responsabilité, non ?

— Ah ! Tu m'as eu. J'avais peur de m'ennuyer. Tu essayes de m'avoir sur les mots, sur des détails

29

techniques. Voilà le Michel Pépin que j'aime haïr. Oui, le meurtre relève de mon Royaume ; mais encore une fois, ce n'est pas moi qui l'ai créé. Je ne sais pas créer. Tu veux que je te raconte ? C'est une histoire passionnante… C'était il y a bien longtemps, au temps où… »

Michel jeta un œil sur le feu qui brûlait sur sa droite. Il avait l'impression depuis un moment d'y apercevoir des formes humaines qui se tordaient, serpentaient, montaient, rampaient puis disparaissaient, aussitôt remplacées par de nouvelles. Mais il chassa cette pensée déroutante pour reporter toute son attention sur son interlocuteur.

Je tu

Froid
Fait froid
Fait très froid
Faut sortir de l'abri
Rajuster la peau de cerf qui glisse
Gestes ralentis
Doigts engourdis
Maintenant faut bouger
Empoigner la sagaie
Partir tous ensemble
Chercher à manger
Marcher
Traquer
Isoler une bête affaiblie
Fondre sur elle
La tuer
Pour ramener viande, peau, graisse, os

Pour manger
Vivre
Survivre

On a marché longtemps
Soleil haut maintenant dans le ciel
Fatigués de l'effort
On a chaud
On a faim
Là
Des bêtes
Enfin
Où se cacher
Chut
Tous à plat ventre
Le nez dans l'herbe
Sous le vent
Ne pas attirer l'attention
S'approcher au plus près
Faire un cercle puis
Bondir et
Propulser
Nos sagaies
De toutes nos forces
Dans un hurlement
Peur dans le regard des bêtes piégées
Excitation dans nos yeux
Fébrilité aussi
Finalement on en a une

Exultation
Les autres ont réussi à s'échapper
En quelques sauts agiles
En quelques ruades énergiques
Elles aussi luttent pour leur survie
Elles contre nous
Jusqu'à la prochaine fois
La prochaine rencontre
La prochaine chasse
Le prochain repas
Demain
Si loin
Alors on l'a chargée
Et on est rentré
Ce soir
Nous mangerons tous
Ensemble
Nous vivrons tous
Une nuit encore
Au moins

Lever du soleil
Sur nos espoirs
Ciel clair
Fait plus doux
Le matin
Aujourd'hui
On repart tous
Ensemble

Sagaies en mains
Pas pour tuer
Mais ramener des bêtes
Vivantes
Prisonnières
Comme ça, on pourrait avoir à manger
A portée de mains
Peut-être mais
Difficile de capturer plusieurs bêtes
C'est pour ça que
Aujourd'hui
On part tous
Ensemble
Avec les femmes
Avec les armes
Avec des lianes tressées
Avec l'envie
De trouver, piéger, ramener des bêtes
Avec la peur au ventre
D'échouer
De ne pas trouver
De ne pas réussir
De mourir
Ceux de devant signalent un troupeau
Des chèvres sauvages
Dans le creux du vallon
C'est inespéré
On va les encercler
Puis se rapprocher
Prévenir toute tentative de fuite

Sans bruit
Pas comme d'habitude
Rapidement
Mais sans précipitation
Elles ont bêlé
Quand elles nous ont vus
Un instant surprises
Un instant tétanisées
Puis se sont rebellées
Quand elles ont compris
Elles ont rué
Se sont démenées
Mais on a tout capturé
Vivant
On a tout ligoté
On a tout ramené
Non sans mal
Au camp
Joyeusement
Avant le coucher du soleil
Sur l'horizon
Dégagé

L'air est tiède maintenant le matin
Sur les branches nues des arbres
Des bourgeons
Dans l'enclos
Les bêtes sont toujours là
Elles vont bien

Elles nous entendent
Elles attendent
Impatientes
De sortir pâturer
L'herbe tendre
Et les premières pousses
Nous on prépare nos sagaies
Nos arcs et nos flèches
On affûte nos pointes
Parce qu'on continue à chasser
Autant qu'avant
Pas question de toucher à la réserve
Ce sera pour cet hiver
Quand il fera froid
Quand il fera faim

Cris du clan ce matin
Dans un coin de l'enclos
Une chèvre est née
Blanche
Toute petite
Pendant la nuit
Inattendue
Une bête de plus
Comme ça
Gratuitement
Donnée par la Nature
Cadeau
Toute la journée

On a parlé
Réfléchi
Et le soir
Dehors
Ensemble
Réunis
Sous les étoiles
Sous le ciel noir
Immense
On a dit merci
Ensemble
Merci
A la Nature
Aux animaux
Au feu
Aux pierres
Aux arbres
A la terre
Merci
La petite chèvre
On l'a présentée
Et on l'a sacrifiée
Merci
Ensemble
Unis
On l'a mangée
En silence
Sous les étoiles
Quelques bouchées tendres
Pour tous

Quelques bouchées chaudes
Sa vie
Pour assurer la nôtre
Merci

Après
D'autres chèvres sont nées
Aussi petites et blanches
Que la première
On les a gardées
Elles ont grandi
Elles ont eu
A leur tour
D'autres petits
A chaque printemps
Le premier animal
On l'a sacrifié
Pour remercier
La Nature
S'assurer d'autres naissances
Se prémunir de la faim
Pour remercier
D'être en vie
Encore
Après l'hiver
Le froid
Les blessures
Les fièvres
En vie

Encore
Pour un nouveau retour
Une nouvelle saison

Avec les chèvres
Nous sommes
Maintenant
Moins dans l'urgence
Moins dans la peur
Comme nous
Les bêtes sont robustes
Comme nous
Elles sont endurantes
Alors avec la belle saison
On est reparti
Joyeux
A la cueillette
Des baies, des fruits
Des herbes odorantes
Des racines
Comme les chèvres
On a escaladé
Pour trouver notre pitance
Comme les chèvres
On a fouillé au sol
On a inspecté les buissons
On a tendu le cou vers les arbres
Puis on est rentré

Parfois en boitant
Comme les chèvres

Avec le temps
On a remarqué
Que là où les chèvres avaient pâturé
A la saison suivante
Il y avait de nouveaux buissons
De petits ronciers
De petits fruitiers
Arrivés là tout seul
Avec le printemps
Quelques tiges vertes
Qui grandissaient
Grossissaient
Comment
Est-ce possible
Pour les chèvres
On avait compris
C'était comme nous
L'arrivée d'un nouvel
Homme
Dans le clan
Mais là
Quelle magie de la nature
Ça se répétait à chaque retour de printemps
Sans
Qu'on y soit pour quelque chose

Ça nous intriguait
Et puis on a observé un jour
Dans les crottes des chèvres
Des graines
On a surveillé
On en a vu d'autres
Est-ce que ce pouvait être cela
Alors on a essayé
On a pris des crottes
On les a posées à un endroit précis du sol
On en a enfoui d'autres sous la terre
On a mis des bâtons à côté
Pour se rappeler
Et à la saison suivante
On a vu
Se lever
Une petite pousse verte
Qui a grandi
Grandi
Grandi
Durant toute la saison
C'est le premier arbre qu'on a planté
Grâce aux chèvres
Un prunier qui a un jour
Donné des fruits
Pas bien gros
Assez acides
Mais des fruits
Quand même
Pour nourrir le clan

On chassait
Toujours
On cueillait
Encore
On élevait des animaux
On commençait à cultiver
Depuis peu, on n'avait plus à changer de campement
Au gré des ressources
Alors on s'est fixé
A un endroit
Entre le flanc d'un coteau et une rivière
A l'abri du vent de l'hiver
A l'ombre de quelques grands arbres l'été
Un endroit protégé
Pour nous et nos bêtes
Un endroit dégagé
Pour semer nos graines
Pour planter nos arbres
On s'est réparti les tâches
Pour le bien de tous
Hommes et femmes
Jeunes et vieux
Et c'était bien
C'était mieux
Plus de temps pour chaque chose
Pour mieux faire

Cette saison
Peu de pluie
Grosse chaleur
Peu de fruits
Maintenant
Et sans doute
Dans les prochains mois
Demain on va offrir
Devant la tribu
Réunie
Les prémices
Données par la terre et les arbres
Et les premiers-nés
Du troupeau
Offrande pour dire
Merci
Encore
Et toujours
Offrande pour dire
S'il Te plaît
A la Nature
Encore
Et toujours
Offrande pour dire
Pardon
Pour nos peurs
De l'avenir

Du temps qu'il va faire
Des attaques des bêtes sauvages
Demain
Cultivateur et berger
Nous nous présenterons
Au nom de la tribu
Avec mon frère
Nous apporterons
Racines, baies, chevreau
Fruits de la terre et du travail des hommes
L'offrande précieuse
De notre labeur
De notre sueur
De nos vies

Nuit agitée
Cauchemars
Vent violent
Peur diffuse
Boule au ventre
Ça tire
Ça ronge
Ça creuse
A l'intérieur
Comme la faim
Comme lors d'une attaque
Surprise
D'un ours ou de loups
La lune est pleine

Ronde
Brillante
Elle éclaire fort
L'intérieur de l'abri
Tout le monde dort paisible
Tout le monde ronfle
Sauf moi

Agacement
Questionnement
Enervement
Assoupissement
Sursaut
Devant une bête qui rampe
Tremblements
Elle était là
Devant
Mais elle n'est pas là
Nulle part
Que derrière mes paupières
Qui se referment
Malgré la lutte
Malgré la peur
Que le serpent revienne
Qu'il me morde
Comme une fois on a vu
Sur une jeune chèvre
Une blanche
Toute jolie

Née dans l'année
Qu'on n'a pas pu sauver
Une jeune chèvre
Qu'on a soignée
Avec des feuilles
Qu'on a veillée
Et qui s'est affaissée
Le lendemain
Dans la paille tiède
Entre nos bras
Sans vie

Matin incertain
Nuageux
Tiède
On se prépare
On se rassemble
On prélève
Sur les arbres les premiers fruits
Les plus charnus
On prélève
Sur le troupeau les premiers-nés
Les plus gras
On avance
En tête
La tribu au complet derrière
Nous
On arrive sur le promontoire rocheux
Au-dessus du campement

Le clan quelques pas derrière
Nous
On dépose nos offrandes sur la roche
Corbeille pleine de fruits
Chevreau ligoté
On se tait
Silence solennel
Juste des bêlements
De désespoir
On respire
L'air douceâtre
On aspire
A une saison féconde
On espère
La générosité de la Nature
Abel s'avance
Déterminé
Il lève son silex
Sans un mot
Sans crainte
Sans état d'âme
Il le laisse retomber
Au moment où le soleil perce les nuages
Sur le cou de la bête
Et retranche
D'un geste précis
Son souffle de vie
Le sang chaud
Coule sur la pierre
On sent son odeur

Venir jusqu'à nos narines
On sent le soulagement
Dans nos regards
Echangés
Quand je m'avance
A mon tour
Mains tendues
Vers ma corbeille
Pour l'élever
Au-dessus de ma tête
Pour la présenter
L'offrir
Au nom de tous
Là
Elle bascule
De façon incompréhensible
Dans le vide
Dans l'à-pic de la falaise
Au moment où j'allais la saisir
Où je l'effleurais
Où je sentais au bout de mes doigts
Son tressage en osier
Je suis sûr de ne pas l'avoir poussée
Pourtant elle bascule
Je la vois
Je ne peux rien faire
Seulement la regarder
La pirouette en arrière
Les fruits qui s'échappent
Irrattrapables

Inatteignables
Comme les oiseaux
Qui du ciel fondent sur leurs proies
En se laissant tomber
En bas
Tout en bas
Je ne peux plus bouger
Je ne peux pas me retourner
Ma tête voudrait s'enfuir
Disparaître
Se cacher
Loin
Loin d'ici
Se mettre à l'abri
Mais mes jambes sont raidies
Retenues
Plantées
Dans le sol
J'ai entendu
Derrière moi
Le cri de stupeur
Qui a jailli
Collectivement
J'entends maintenant
Les respirations haletantes
Dans le silence revenu
Lourd
Pesant
Inquiet
Un gros nuage

Gris
Sombre
Passe devant le soleil
Et l'engloutit
Menaçant
On décide
De rentrer au campement
On ne se regarde pas
On ne me regarde pas
On a peur

Je n'ai pas peur
Je suis en colère
J'ai une boule dans la gorge qui m'étouffe
J'ai dans la poitrine des cris de rage que
Je ne peux plus contenir
Contre la Nature
Contre le vent
Contre
Mon choix de poser la corbeille à cet endroit précisément
Mon frère
Qui ne m'a pas prévenu
Qui avait dû voir que c'était risqué
Qui a posé
Sa chèvre sur toute la surface plane
Trop proche de
Ma corbeille
A dessein peut-être
C'est même certain

Je revois son regard quand il
Me croise après
Son sacrifice
Un regard satisfait
Et pour cause
Il sait ce qui va
M'arriver juste après
Ou pas
Il est peut-être juste content de
Son sacrifice
Accepté
Par la Nature
Il est peut-être juste soulagé que
Sa main n'ait pas tremblé
Que l'animal n'ait pas tressauté
Dans des convulsions sans fin
Dans une souffrance horrible
Il est peut-être juste heureux de
Participer avec la communauté
En son nom
A la survie
Collective
Il est peut-être juste honoré
De les représenter
Tous
De présenter
Le fruit de leur travail
De chaque jour
Du lever au coucher du soleil

De la douceur printanière
A la morsure de l'hiver
Ce regard
Son regard
Il m'obsède
Je le vois
Ce regard clair
Qui me fixe
Je ferme les yeux
Il est encore sous mes paupières
J'ouvre les yeux
Il est dans l'écorce de l'arbre
Il est sur l'argile du bord de la rivière
Il est sur la mousse du chemin
J'essaye de le chasser
Je fais l'effort de le repousser
De penser à
Son regard d'enfant
A notre première chasse
A notre peur
A notre fierté
A la joie de notre père qui
Le félicite
Lui
Lui seul
Pour sa première mise à mort
Sans un regard pour
Moi
Sans une parole pour
Moi

Qui l'avais pourtant
Accompagné
Aidé
Secondé
Rassuré
Et il me regarde
Satisfait d'avoir rendu notre père heureux
Sans me dire merci
Sans dire à notre père que sa réussite est due à
Moi
Et il passe devant moi et
Ma colère que
Je dois ravaler avec
Mes larmes
Parce que
Seul
On n'est
Rien
Seul
Compte
La tribu
Mais ce jour-là
J'ai commencé à comprendre qui
Je suis
Moi
J'ai tenté plus tard de parler de
Ma découverte à
Mon frère
En vain
Ma solitude s'est accentuée

Je n'ai plus tenté de la partager
Je l'ai accueillie
Je l'ai nourrie
Jusqu'à aujourd'hui
Et cet incident qui
Me mortifie qui
Me désigne comme le porteur de malheur pour
Les autres
Eux tous

Je reviens vers le campement
Et le premier que
Je vois sortir à ma rencontre c'est
Lui
Abel
Mon frère
Avec son regard
Le même regard clair que
Tout à l'heure
Alors
Je
Lui
Fais signe de venir
Il s'approche
Tranquille
Calme
Je veux comprendre
Je
L'

Interroge
En vain
Il craint pour
Tous
L'avenir manifesté par le prodige que
Tous ont vu
Tous ont été témoins
Ce signe
Envoyé à
La tribu pour
Les avertir
Les prévenir
Non pas
Mon signe
Je ne vois plus les champs autour de
Moi ni de
Mon frère
Je vois ce regard clair plongé dans
Le mien
Et je sens mes poings se crisper
Faire
Un effort
Immense
Pour rester fermés
Le long de
Mon corps
Et j'ai mal
Je ne vais pas pouvoir longtemps
Me contenir
Et il parle de

Nous tous de
Notre troupeau
Notre récolte
Notre sacrifice
Notre avenir
Je lutte avec
Moi-même
Encore
Et puis soudain
Comme la corde d'un arc trop bandé
Le premier coup
Part
Suivi d'une grêle de suivants sur
Mon frère pour
Faire taire ses certitudes
Ses avis sur tout
Ses réussites
Sa suffisance
J'ai mal
Je fais mal
Je fais du mal
Mais ça
Me fait du bien
Je tue
Je vis
Je tue nous
Je te tue
Je tu
Tu meurs
Je nais

Chapitre 2

Bouleversé, Michel demeure silencieux de longues minutes, comme tétanisé. Devant lui, son étrange invité est toujours là, semblant se délecter à le contempler, petit sourire aux lèvres et éclat de satisfaction dans le regard, à l'évidence ravi de l'impression que son récit a fait sur son interlocuteur. Seul le crépitement du feu dans la cheminée vient remplir et animer ce silence.

« C'est toi, n'est-ce pas ? finit par articuler Michel avec peine.

— Plaît-il ? Moi quoi ?

— Le cauchemar de Caïn, le panier renversé, les souvenirs douloureux…

— Ma foi, oui.

— C'est donc toi qui l'as poussé à tuer son frère, c'est ça ?

— Ouh la, comme tu y vas ! Je te vois venir et je t'arrête tout de suite : oui, j'ai agi sur sa mémoire, sa conscience, sur les objets. Mais je n'ai de pouvoir que sur la surface des choses. Je n'ai pas accès à vos profondeurs. C'est à cause de Dieu que Caïn a succombé à la tentation et a commis ce fratricide ! Dieu a laissé s'enraciner la folie naissante dans le cœur de Caïn. Dieu n'a pas envoyé de signe à Caïn pour le prévenir du danger qui le guettait. Dieu a laissé Caïn seul, se débrouiller seul. La mort d'Abel, c'est la faute de Dieu. »

Michel avait ouvert la bouche mais les mots ne sortaient pas. La logique de Lu était à la fois simpliste, éculée (le nombre de fois où il avait entendu des patients accuser le ciel de tous leurs maux !) et terriblement, douloureusement juste. Si un juge laisse en liberté un tueur en série, chacun de ses crimes n'est-il pas par ricochet un peu le sien ? Mais Dieu lui-même n'était pas là dans son salon pour présenter sa défense… et un tribunal où ne siège que le procureur n'est pas un lieu de justice, mais un abattoir. Michel déglutit, puis articule sourdement :

« Non. Ce n'est pas parce que toi, tu tords les règles, que Dieu est coupable de les respecter. Quand je soigne quelqu'un, je cherche, j'identifie la maladie et je prescris un remède. Dans cette histoire, le pathogène, c'est toi. La relation que les deux frères et leur clan commençaient à développer avec Dieu était bonne. C'est pour ça que tu es venu mettre ton grain de sel dans tout ça. J'ai tort ? »

Le visage de l'Ange déchu se crispe comme sous l'effet d'un effort intense. Il finit tout de même par lâcher dans un soupir craché : « Non. Tu n'as pas tort. »

Se levant brusquement de son fauteuil, en proie à une agitation presque palpable, il ajoute en gesticulant outrageusement :

« Mais si je ne l'avais pas fait moi, que crois-tu qu'il aurait fini par se passer ? A la saison suivante, avec la sécheresse qui s'amorçait, ils auraient perdu une grande part du troupeau et accusé Abel. En poussant Caïn à la faute, j'ai divisé le clan. Il est parti avec sa femme et ses enfants vers de nouveaux territoires, où il a fondé les bases de ce que vous appelleriez aujourd'hui la civilisation. Je lui ai fait un cadeau : il a pris conscience de lui-même. Quant au reste de la tribu, avec moins de bétail et de bouches à nourrir, je leur ai permis de survivre. C'est moi qui les ai sauvés ! »

Il plante ses yeux dans ceux de Michel avant d'ajouter sur le ton du défi : « Et c'est la Vérité. »

Le silence plane un long moment dans le salon. Lucifer se rassoit, les traits crispés. De toute évidence, le serment qui le lie lui cause un vif déplaisir, et s'exposer ainsi lui est terriblement inhabituel. Michel ressent un curieux sentiment : de la compassion. Il ne doit pas être simple d'exister dans le rejet absolu de tout ce pour quoi on a été créé ; et encore pire, peut-être, de ne plus pouvoir se mentir à soi-même ni devant les autres pour atténuer sa douleur. Mais un autre souvenir, trop récent et cuisant, vient balayer cette tentation et la remplace par une froide détermination.

« Et Magnon ?

— Quoi, Magnon ? Tu veux savoir si là encore, c'est moi qui ai tressé sa corde ? Mais c'est une obsession, ma parole ! Non, je n'ai pas le monopole du désespoir humain. Crois-le ou non, mais la plupart du temps vous n'avez pas besoin de moi pour vous sentir misérables. Et puis je suis le Prince de ce Monde, je ne m'occupe pas de chaque petit agriculteur ruiné. J'ai du personnel pour ça !

— Tu parles de sa sœur, n'est-ce pas ? Tu t'es servi d'elle pour asséner le coup de grâce et faire d'une pierre deux coups : forcer cet homme isolé à se supprimer et faire porter à sa sœur toute sa vie la culpabilité de ce péché. C'est bien joué. Le crime parfait, hors de tout soupçon ! Et une raison de plus pour tous les gens de cette famille de blâmer leur créateur. Bravo !

— Ah ça ! T'ai-je déjà dit à quel point j'aime la Famille ? Ce creuset de l'amour inconditionnel, parfait reflet de l'amour du Père pour le Fils ? C'est merveilleux la Famille. Ça pousse comme un arbre. Mets le bon poison à la racine, et tu obtiendras les fruits les plus amers et les plus mauvais qui soient sans avoir rien à faire. »

La tirade est lâchée avec une indolence feinte, dissimulant mal le profond et pervers plaisir de Lu.

« Oh je t'en prie, ne fais pas ton effarouché ! Je ne suis jamais aussi puissant que lorsque je suis invité dans une famille. Le terreau de vos jalousies, de vos haines, de vos mesquineries est le plus fertile des engrais pour mes petites expériences. Même vos psychiatres réutilisent mes plus beaux sujets pour illustrer vos névroses d'enfance… Mais si ! Œdipe, Jocaste, Etéocle et Polynice… Electre, Agamemnon et Clytemnestre… Des gens détestables, certes, mais au théâtre, pardon ! D'Aristote à aujourd'hui, quelle catharsis de vos penchants les plus noirs ! Et ce n'est pas trop m'avancer que de leur prédire encore une belle et longue carrière.

— Dans ta grande bonté, tu nous donnes de parfaits contre-exemples pour nous rendre meilleurs, en somme ? Ce n'est pas un peu tiré par les cheveux ? »

La remarque, voulue spirituelle, tombe à plat face au sérieux mortel qui se reflète au fond des yeux de Lucifer. Ses cornées, diamants parfaitement translucides, ne s'ouvraient que sur deux puits sombres. La dérision ne rencontrerait pas son public ce soir.

« Et si je te disais que Dieu lui-même permet exactement cela ? Que j'accomplis Son Œuvre à mon corps défendant ? Qu'Il prévoit même de longue date, qu'Il prépare vos échecs avec bien plus de minutie que vos succès ?

— Alors je te dirais que tu mens.

— Tu sais que je ne peux pas mentir, ce soir.

— Alors je te dirais de me le prouver.

— D'accord. »

De nouveau, les flammes dans l'âtre se mirent à danser.

Mater dei

Mon fils est un être exceptionnel. Il est promis à un avenir hors du commun.

Je le sais depuis toujours.

Depuis ma première visite chez la magicienne.

J'étais tellement déçue d'avoir été fiancée à Simon ! A quinze ans, je voyais ma vie dans l'impasse. Car cet homme, je le connaissais depuis toujours. C'était un brave homme, mais il avait le double de mon âge. Comme il était déjà deux fois veuf et sans enfant, j'étais sûre qu'il était stérile. Il possédait quelques arpents de terre relativement prospères, mais il était dépourvu de toute ambition. Je me voyais déjà pourrir seule le restant de ma vie dans cette petite ville insipide, entourée de gens sans intérêt. Et ça me désespérait ! Mes parents se réjouissaient pour moi de ce mariage qui promettait de m'assurer une vie tranquille, donc heureuse. Et ça m'exaspérait !

Alors un jour, en cachette, je me suis rendue chez cette femme qui pratiquait les arts divinatoires. Tout le monde la connaissait et réprouvait haut et fort ses activités. Mais beaucoup la fréquentaient en toute discrétion. Je crois aussi qu'on la tolérait car on craignait ses pouvoirs, prétendus ou réels, de jeteuse de sorts. Ma servante, voyant le tourment dans lequel j'étais et que j'avais peine à réfréner, me parla d'elle. L'idée fit son chemin. J'ai commencé par dérober de l'argent petit à petit. Une semaine plus tard, la somme réunie, j'ai profité de la corvée d'eau matinale. J'ai retrouvé mes cousines et mes voisines à la fontaine, comme à l'accoutumée. Puis j'ai proposé mon aide à une amie enceinte pour rapporter ses cruches. Je l'ai raccompagnée chez elle, prenant sur moi sa lourde charge. Mon absence prolongée de la maison était ainsi excusée et j'avais le témoin parfait. Ma devineresse habitait une rue discrète, dans une petite maison basse et sombre. J'y fus en un saut.

Quand j'en ressortis, passant de l'ombre à la lumière, durant quelques minutes je ne pus ouvrir les yeux. J'étais complètement aveuglée par le feu des rayons du soleil déjà très haut dans le ciel. Mais la sorcière avait dégagé mon sinistre horizon. J'allais engendrer un fils. Il serait un homme à part, au destin unique, appelé à jouer un rôle de tout premier plan dans l'Histoire de notre peuple. Elle l'avait vu, les esprits le lui avaient certifié. Elle avait fini par pratiquer un rituel sur moi pour m'assurer protection, santé et vaillance pour porter cette merveille.

J'exultai !

Je serai la mère d'un Prince.

Désormais tous les âges me diront bienheureuse !

Le Seigneur avait entendu ma plainte !

Il allait faire pour moi des merveilles, m'élever, me combler de biens !

Il connaissait, Lui, ma valeur !

Il ne voulait pas que je gâche ma jeunesse, ma beauté, mon intelligence, dans ce stupide quotidien au-dessous de ma condition : prendre soin avec le sourire d'un mari qui rentrerait le soir, puant la sueur aigre ; m'épuiser à élever tant bien que mal une marmaille turbulente et ingrate ; m'échiner à tenir propre une maison sans cesse souillée par les uns et les autres. Surtout pour un résultat bien incertain !

Malgré mon jeune âge, j'avais déjà été témoin de tant de drames joués à l'abri des regards ! Ma cousine Rébecca était morte en mettant au monde son neuvième enfant. Les petits passèrent rapidement sous la responsabilité de la nouvelle épouse du veuf, écrasée sous sa charge inattendue, trop jeune pour réussir à s'occuper efficacement du jour au lendemain de neuf marmots, même avec toute la bonne volonté du monde ; le nouveau-né était mort peu après sa mère. Quant à notre voisin le potier, brandissant de manière soudaine la loi de Moïse, il avait répudié sa femme après quinze années de mariage et de dévouement. Je n'en avais pas su le motif ; mais j'appris par mes frères qu'elle était allée cacher sa honte et sa misère à la Ville où ils disaient qu'ils l'avaient vue à la Porte, mendiant et peut-être se prostituant. Son époux, lui, s'était peu après remarié dans la liesse de toute la communauté.

J'esquissai quelques pas de danse.
Je me sentais plus légère, libérée d'un poids.
J'allais vivre !
Cette union sans joie que je redoutais tant allait finalement m'affranchir de ma condition. Dieu le voulait : j'y consentais. Mieux, j'y adhérais de tout mon être.
J'avais hâte !

*

Mon fils est un être exceptionnel. Il est promis à un avenir hors du commun.
Je le sais depuis toujours.

C'est pour cela que, le jour même de mon union avec Simon, j'ai séduit Josué, son plus jeune frère. Il fallait que j'accomplisse la prophétie coûte que coûte et que j'apporte au monde ce joyau inestimable – et au plus tôt, tant que j'étais dans tout l'éclat de ma jeunesse et de ma beauté.
Il n'a pas fallu beaucoup insister pour que ce garçon, aussi beau que naïf, tombe dans mes filets. Je savais que ce n'était pas la flèche la plus affûtée du carquois. J'en eus bientôt la preuve : quelques œillades

faussement innocentes, quelques cliquetis de mes bracelets, une cheville subtilement dévoilée, un imperceptible déhanché, quelques coupes de vin capiteux… et j'étais enceinte avant même que Simon n'ait eu le temps de me toucher. Tout se passait pour le mieux !

Cet enfant, je l'ai choyé dès que j'ai compris sa présence. Mon trésor. J'ai donc immédiatement commencé par prendre soin de moi, pour ne pas risquer de le perdre.

Finies les tâches domestiques. Tant pis si cela nous coûtait les services d'une servante de plus ou si certains travaux retombaient sur Simon ! Finis aussi pour le moment les répugnants accouplements ! J'avais accompagné, de près ou de loin, tellement de grossesses de cousines et de voisines que je savais simuler des symptômes nauséeux à la perfection. Mais en vérité, je jubilais intérieurement car cette grossesse se déroulait à merveille, bien différemment de toutes celles qu'il m'avait été donné d'observer. De toute ma vie, jamais je ne m'étais sentie aussi bien ! Pourtant je fis vite comprendre à Simon qu'il n'avait pas le choix : s'il voulait cet enfant, il devait se plier à mes exigences. Je maniais habilement douceur et fermeté pour le persuader. Après tout, il attendait un fils depuis tellement d'années ! Je savais que c'était sa corde sensible et j'en jouais sans aucun scrupule.

Et puis, au-delà de ce désir d'enfant que je venais enfin combler après toutes ces années, je voyais bien que je subjuguais complètement Simon. Non seulement il acquiesçait à toutes mes demandes mais il cédait même à chacun de mes caprices sans discuter. Comme la fois où, n'arrivant pas à dormir, je lui réclamai en pleine nuit du poisson frit et de la grenade. Il partit aussitôt sans broncher déranger les voisins pour me trouver ces victuailles et revint bientôt avec, tout sourire, sans me faire aucun reproche.

A l'instant où j'ai entendu le bébé pousser son premier cri et pleurer, je fus partagée entre fierté et soulagement : j'avais rempli ma mission ; désormais le Destin était en marche. A moi quand même de le faire advenir.

Quand fut arrivé le huitième jour de l'enfant, celui de la circoncision, toute la famille et les voisins se massèrent chez nous. Ils voulaient l'appeler Simon, du nom de son père, mais pour moi c'était impensable. Il devait avoir un nom royal, qui lui porte chance. Alors avant que Simon n'acquiesce comme un mouton à la proposition collective, je coupai court d'un ton ferme : « Non. Il s'appellera Judas. » Tous les regards se braquèrent sur moi, entre étonnement et désapprobation. « Mais personne dans ta famille ne porte ce nom-là ! » Je ne répondis pas et me tournai vers Simon, que je sentais indécis. Je soutins fermement son regard, d'un air décidé. Et j'obtins satisfaction.

« Judas est son nom », bredouilla-t-il.

C'est ainsi que j'inscrivis mon fils dans la filiation et l'Histoire de notre peuple.

Judas : un prénom glorieux, « celui qui rend gloire à Dieu ». A l'instar de Judas Maccabée, le chef des armées, vainqueur d'Antiochos Epiphane, l'un des plus grands héros de notre Histoire.

Judas. Mon fils.

On parlait déjà de lui ; ce n'était que le début.

*

Mon fils est un être exceptionnel. Il est promis à un avenir hors du commun.

Je le sais depuis toujours.

J'en ai eu une confirmation éclatante peu après. Quand fut accompli le temps prescrit par la loi de Moïse pour ma purification après mon accouchement, quarante jours après la naissance de mon fils, Simon et moi sommes montés au Temple présenter l'enfant au Seigneur, conformément à la Loi exigeant que tout premier-né de sexe masculin Lui soit consacré. Nous venions aussi offrir le sacrifice rituel, un couple de tourterelles.

Ça allait être une magnifique journée. Profitant de la relative fraîcheur de l'air, baignés dans la lumière coruscante du lever du jour, nous étions partis tôt de chez nous pour rejoindre en fin de matinée le tohu-bohu des caravanes bigarrées qui franchissaient la Porte de la Ville, au pas lourd et cadencé des dromadaires. Comme il fallait s'y attendre, Simon s'extasiait sur tout. Mais pour cette fois, dans l'euphorie de l'événement, je ne lui fis aucune remarque. Je savourais l'instant. Revêtue de mes plus beaux atours, juchée sur ma monture, les bras chargés de mon inestimable présent, derrière mes paupières mi-closes, j'étais la reine de Saba apportant à Salomon toutes les richesses de l'Orient lointain et mystérieux.

Je revins à la réalité quand mon âne refusa brusquement d'avancer. Des cris agacés se firent entendre de part et d'autre de nous. De toute manière, nous étions arrivés. Devant nous, dans toute sa magnificence, se dressait le Temple.

On a franchi à grand-peine la distance nous séparant de l'entrée, pressés de toutes parts par la foule. Simon a réussi à acheter nos oiseaux pour le sacrifice. Quelle humiliation je ressentis d'avoir dû me contenter de cela comme bon nombre de familles, quand je rêvais de célébration en grande pompe pour mon fils, avec le sacrifice d'un mouton bien gras ! Car bien que Simon soit extrêmement fier de pouvoir présenter son fils premier-né à l'Eternel, il n'en était pas moins cet homme pragmatique, terre-à-terre et humble qui me décevait tant. Quoi qu'il en soit, j'ai ravalé mes espérances et la cérémonie de rachat allait pouvoir avoir lieu. Alors que nous attendions le prêtre, nous avons vu fondre sur nous cette vieille femme, une pauvresse toute ridée, aux vêtements élimés, visiblement très agitée. Elle semblait remplie d'effroi. Son regard de démente allait de l'enfant à moi, comme si elle ne parvenait pas à savoir ce qui la terrorisait le plus. Je serrai fort Judas contre moi, de peur qu'elle ne tente de me l'arracher, car elle paraissait imprévisible et ne m'inspirait aucune confiance. Il se mit à pleurer, ce qui augmenta mon agacement. Elle allait me gâcher mon moment.

« Malheur ! Malheur ! » Elle se tenait la tête, prenait les gens alentour à témoin. « Malheur ! Malheur à moi d'avoir vécu si longtemps pour voir cela ! Malheur à vous qui vivrez suffisamment vieux pour le voir accomplir son abomination ! Et toi, toi ! Il eût mieux valu pour toi que tu sois stérile ou que tes entrailles se dessèchent avant l'heure que de porter en toi cet être ! Car tu es engeance de vipère ! Et c'est toi, toi – elle pointait contre moi un index tordu et menaçant – qui vas l'amener à sa perdition, parce que tu n'es pas de Dieu ! Tu es maudite entre toutes les femmes et le fruit de ton sein est maudit ! Mais malgré votre œuvre de mort, la lumière va se révéler aux nations et donner gloire à notre peuple Israël ! Le Royaume de Dieu va venir ! Vous ne l'empêcherez pas ! » Et elle s'éloigna en continuant à vociférer ses imprécations.

Simon se sentait très gêné de se retrouver au centre de l'attention. Pour ma part, je fus soulagée quand elle s'éloigna : elle n'allait pas me déposséder de mon enfant. Cette vieille perdait la tête, c'était évident. Mais – comme souvent les fous – elle avait bien reconnu en Judas un destin exceptionnel, auquel j'étais à jamais liée.

Oui, vraiment, la magicienne ne m'avait pas trompée.

Je pris une profonde inspiration, me redressai et me tournai vers Simon, sans un mot, un sourire sur les lèvres. Le prêtre arrivait. C'était le moment. Rien ne me détournerait de ma mission.

Dans l'esclandre généré par la vieille, Simon s'était fait voler ses tourterelles.

*

Mon fils est un être exceptionnel. Il est promis à un avenir hors du commun.
Je le sais depuis toujours.

Grâce à moi.
Grâce à mon lait qui l'a nourri.
Grâce à mes soins constants.
Grâce à mon attention.
Grâce à ma clairvoyance.
Grâce à mon intelligence.
C'est moi qui lui ai appris à parler, à marcher, plus tard à lire et à connaître notre Histoire. Je lui ai parlé de l'attente du Messie annoncé par nos textes, le descendant de David, celui qui se dresserait pour écraser tous les ennemis de notre peuple et restaurer sa gloire, qui permettrait à la fin d'instaurer le règne de Dieu sur terre. Je lui ai enfin confié, sous le sceau du secret, qu'il avait un rôle de premier plan à jouer dans ce grand projet divin.

Pour lui accorder mon attention exclusive, j'ai décidé de ne pas avoir d'autre enfant. Pourtant Simon continuait à me regarder chaque jour avec un désir ardent au fond des yeux. Mais il n'osait jamais trop insister les fois où je le repoussais. Au fond, s'il voulait sa maison remplie de marmots, c'était autant par désir de voir mon corps s'épanouir que de voir sa descendance se multiplier. Mais moi, je n'avais plus besoin de Simon maintenant que j'avais Judas.

Par adoration de cet enfant, j'ai avorté en secret quatre fois. Car malgré ma prudence, j'avais fait une petite erreur de jugement : Simon n'était pas stérile.

Quant à Josué, il ne semblait pas avoir compris que cet enfant était le sien. Il me regardait toujours avec cette fascination qui semblait décidément un trait caractéristique chez tous les mâles de cette famille ! Mais je ne lui accordais plus aucune attention et, par chance, il n'essaya pas de s'approcher de moi et de me reparler de ce qui s'était passé lors de la fête de mes noces avec Simon. Je crois qu'il avait honte de ce qu'il avait fait. A moins qu'il n'ait été trop ivre pour se souvenir de quoi que ce soit ?

Néanmoins, sitôt l'enfant né et en bonne santé, pour éviter tout bavardage inopportun un jour ou l'autre, et écarter définitivement la crainte d'un échec de la réalisation du plan divin, je décidai de le supprimer. De toute façon, étant le dernier de cinq frères encore vivants et pas encore marié, il ne manquerait à personne.

J'ai empoisonné Josué à la fête de la circoncision de Judas. Il est mort chez lui le lendemain soir. J'avais fait simple : quelques graines de ricin concassées et mêlées dans son assiette au cœur d'un taboulé bien assaisonné, dont par ailleurs tous les invités se régalèrent. Personne ne comprit comment ce jeune homme en pleine santé avait pu être terrassé en quelques heures. J'observai les effets du poison : frissons, sueurs froides, vomissements, jusqu'aux convulsions fatales. En fin de compte, empoisonner était très simple.

J'étais assez fière de moi.

Plus aucun obstacle ne se dressait désormais devant l'avenir glorieux de Judas.

Une seule chose me tracassait par moments : depuis l'accouchement, ma vue était moins nette, comme si un très léger voile passait devant mes yeux.

*

Mon fils est un être exceptionnel. Il est promis à un avenir hors du commun.

Je le sais depuis toujours.

Je suis d'ailleurs la seule à vraiment le connaître. Je suis son unique confidente. J'ai veillé à lui être indispensable. J'ai surveillé ses moindres fréquentations, ses moindres esquisses d'amitié. Je l'ai laissé vivre des déceptions, pour qu'il comprenne bien que j'étais la seule qui ne lui manquerais jamais, la seule qui pouvais vraiment le comprendre et l'aimer. Je lui fis rapidement comprendre que personne n'était digne de lui.

Je l'ai gâté autant que possible, au-delà même.

Il a toujours été d'une nature sensible et délicate : j'ai réussi à le tenir éloigné de son père et de ses manières frustes.

Il a toujours manifesté de l'intérêt pour les belles choses : je l'ai revêtu des tissus les plus fins et les plus soyeux, je lui ai appris à prendre soin de lui, à se parer, à se parfumer, je lui ai offert des bijoux.

Pourquoi aurait-il eu besoin de s'intéresser aux femmes quand il m'avait, moi ?

Pourtant, je ne pouvais l'empêcher de sortir et j'entendais, en allant à la fontaine chaque matin à l'aube, que ça jasait dans mon dos. Certaines femmes disaient qu'elles l'avaient aperçu en train de rôder, à la tombée du jour, près des maisons à la lisière du bourg. Elles avaient eu peur. Elles disaient craindre pour leurs filles. Je savais que ce n'était que médisance, elles étaient jalouses parce que leurs propres fils ne s'élèveraient jamais au-dessus de la condition de leurs pères. Un matin, il y eut un attroupement plus matinal que d'habitude autour du puits. Quand j'arrivai, toutes se turent et me regardèrent fixement. Je les ignorai et avançai avec mes cruches. Elles s'écartèrent pour me laisser passer mais lorsque je fus au milieu, l'une d'elles me lança soudain :

« Tu sais pour Esther ? »

Esther était une femme qui avait eu un enfant il y avait longtemps, sans être mariée. Depuis, elle vivait seule avec sa fille, à l'écart ; pour gagner sa vie, elle faisait de menus travaux de couture. On disait qu'en réalité elle devait sa subsistance à d'autres services plus rémunérateurs.

« Une femme respectable ne fréquente pas ce genre de personne », répondis-je avec aplomb. Je ne savais pas où elles voulaient en venir, je préférais rester sur mes gardes.

« Elle a été retrouvée chez elle ce matin par sa fille ; elle était inconsciente, à moitié dévêtue et visiblement molestée. La petite raconte qu'elle a entendu des cris, des supplications dans la nuit, mais qu'elle a eu trop peur pour s'aventurer dans le noir. Sauf qu'elle a vu, par l'ouverture de la pièce où elle dormait, un homme s'échapper en courant de la maison, qu'elle a reconnu parce qu'elle l'a déjà vu ici. Et c'était ton fils Judas ! Elle en est certaine à cause des passementeries dorées qui ornaient sa tunique et qui brillaient à la lueur de la lune. Et tu sais bien qu'aucun homme de chez nous n'est vêtu comme cela ! »

Je haussai les épaules. Allons bon ! On avait franchi un degré dans la jalousie : on passait aux calomnies maintenant !

« Comment pouvez-vous croire cette gamine ? Elle était sous le coup de l'émotion. Leur maison est au bord de la route qui mène à la Ville. Un homme de là-bas peut bien être venu, sachant qui est Esther, puis sera reparti. Laissez mon fils en dehors de ces saletés. »

Je tirai mon eau vivement puis rentrai chez moi, sans leur laisser le temps de réagir. Mais ce fut pour moi le signe qu'il était temps pour Judas de s'en aller afin de préparer son destin. Je l'envoyai donc bientôt étudier la Torah dans une école rabbinique auprès d'un maître de renom, Nicodème, un proche des cercles du pouvoir, membre du Sanhédrin.

*

Mon fils est un être exceptionnel. Il est promis à un avenir hors du commun.

Je le sais depuis toujours.

J'avais accompagné sur le seuil de ma maison un jeune homme. Il me revint quelques mois plus tard un homme. Carré d'épaules, l'œil vif, la démarche assurée.

Les voisins, curieux comme de vieux chats, commencèrent à s'agglutiner devant chez moi, autour de lui, mais je coupai court à leur indiscrétion en entraînant Judas à l'intérieur. Je ne laissai à personne l'honneur de lui laver les pieds, comme autrefois, de lui passer une fine tunique de lin et de le faire asseoir à la place d'honneur, devant une corbeille de fruits mûrs à souhait et un verre de vin coupé d'eau, que je gardais pour les fêtes. Je m'installai face à lui, impatiente d'entendre enfin de sa bouche les moindres détails de sa nouvelle vie.

A la Ville, il avait étudié. Beaucoup. Il avait aussi profité du luxe qu'elle pouvait lui offrir. Beaucoup. Ça ne me choquait pas. S'il devait devenir un Prince, il ne pouvait ressembler à un homme du commun. C'était le prix à payer pour approcher le Tétrarque.

J'ai dressé l'oreille lorsque Judas m'a rapporté, tout excité, avoir entendu dernièrement un rabbi qui enseignait avec autorité dans le Temple, faisait des miracles, guérissait et entraînait les foules à sa suite.

Ça m'a inquiétée. Le pouvoir était du côté du Tétrarque. Pas d'un prédicateur itinérant.

Judas en parlait avec exaltation. C'était peut-être enfin le Messie annoncé dans les Ecritures ! Il allait, me dit-il, tenter d'approcher le futur Roi et, pourquoi pas, l'aider à recruter une armée ! S'il se rendait utile pour l'avènement du Royaume, alors il y prendrait tout naturellement cette part de choix qui lui était promise.

J'étais sceptique. Il faisait fausse route.

J'étais agacée aussi. Sans moi pour le guider, il ne savait que s'égarer.

J'aurais aimé être à sa place.

Je le remis fermement sur le droit chemin.

J'ai passé la nuit à faire des incantations pour qu'il reste sur la route de sa destinée et pour tenir à distance de lui le mauvais œil.

Pour couper court à toutes les questions du voisinage et pour hâter le succès de son entreprise, je l'ai renvoyé dès le lendemain, la bourse aussi garnie que je le pus.

*

Mon fils est un être exceptionnel. Il est promis à un avenir hors du commun.

Je le sais depuis toujours.

J'avais renvoyé Judas avec tous mes espoirs.

Mais il était faible, comme son père. Il se fit éblouir, comme je le craignais, par ce rabbi qui le détourna de sa route et le pervertit. Il abandonna ses études et la compagnie de gens prestigieux, pour suivre ce prophète douteux et la bande de va-nu-pieds qu'il avait recrutée. Mon argent pour servir le destin de Judas était distribué aux misérables qui mendiaient à chaque coin de rue ! Ses compagnons étaient désormais des femmes et des hommes infréquentables – collecteurs d'impôts et prostituées ! Je ne décolérais pas !

Quand il revint, malgré ma vue de plus en plus mauvaise, je vis nettement qu'il était envoûté. Pour la première fois, je ne parvins pas à lui faire entendre raison et à le convaincre de quitter ce maître. Mais si cet homme pouvait raisonnablement favoriser l'avenir prestigieux de Judas, alors je décidai de pousser mon fils à réclamer à son rabbi de siéger à sa droite, puisqu'il semblait être dans son cercle rapproché.

Comme à l'accoutumée, Judas me réclama de l'argent avant de repartir, pour briller sans doute aux yeux des autres. Une autre fois que ce jour-là, j'aurais simplement été partagée entre l'envie de combler les désirs de mon fils, en lui permettant de s'acheter de beaux vêtements, et le refus de la mauvaise utilisation qu'il pourrait faire de mon argent. Mais pour la première fois, par dépit et colère, je refusai net. Mon « non » claqua dans l'air, de manière sonore, comme ça, calmement et sans appel.

Je vis Judas vaciller légèrement comme stoppé dans l'élan de sa main déjà tendue vers moi paume ouverte. Il me regarda fixement durant quelques secondes, dans l'incompréhension. Il ne put lire, dans mon regard, rien d'autre que la tranquille fermeté de ma décision. Je le vis refermer sa main et serrer le poing devant le camouflet que je lui infligeai pour la première fois de sa vie en m'opposant à sa demande. Les jointures de ses doigts blanchirent sous la pression. Son visage devint blême et sa mâchoire se crispa. Cette tension me galvanisa. Je profitai de l'avantage que j'avais sur lui à cet instant et le rabrouai avec jubilation sur le choix médiocre qu'il avait fait de suivre ce rabbi loqueteux. Cette fois, Judas ne put se contenir. Je le vis lever sa main sur moi pour me frapper. Je n'ai pas eu peur. Je me suis contentée de lui demander très calmement, avec un petit sourire : « Tu vas me faire ce que tu as fait à Esther ? » Là, je crois que j'y suis allée un peu fort car, à ces mots, Judas est devenu comme fou : il est devenu rouge brique en une fraction de seconde et, les yeux exorbités, il a fait pleuvoir sur moi une grêle de coups désordonnés et rageurs, avant de partir subitement dans la chambre, où je l'ai entendu pendant de longues minutes en proie à une véritable crise de nerfs, entre cris, pleurs et hurlements mêlés.

Malgré la douleur physique que je ressentis sur tout mon corps ce soir-là et les marques qu'il allait me falloir dissimuler dans les prochains jours, je me sentais heureuse, vibrante d'énergie, comme revigorée : je savais que j'avais raffermi mon emprise sur Judas. Aussi quand il revint vers moi le lendemain matin, détruit et pantelant, je lui donnai avec bonheur l'argent qu'il m'avait réclamé la veille. Mieux : je mis dans sa bourse plus que ce qu'il n'espérait. Il dut l'accepter malgré la honte qu'il ressentait pour notre altercation et son attitude de la veille. Et, d'une petite tape sur la joue, je le renvoyai vers son destin.

*

Mon fils est un être exceptionnel. Il est promis à un avenir hors du commun.

Je le sais depuis toujours.

Il est désormais mon seul soutien. Simon est enfin mort, bêtement, comme il aura vécu d'ailleurs. Une fièvre l'a emporté en quelques jours après qu'il a aidé à sauver de la noyade les chèvres du voisin qui avaient sauté dans la rivière pour avoir été effrayées par un animal errant.

Judas a été prévenu par des villageois qui montaient régulièrement à la Ville pour y vendre leurs produits. Il est revenu aussitôt et a voulu, en bon fils, mener les funérailles de celui qu'il croyait être son père. Il était sincèrement peiné. A la synagogue, il a retrouvé un peu de dignité et il était plus apaisé pour conduire le cortège funèbre. Il est ensuite rentré en silence chez nous. Il est resté ainsi plusieurs jours. Je ne l'ai pas dérangé même si je trouvais ridicule cette affliction qu'il affichait.

Et puis, un matin il a quitté cet état et est venu réclamer sa part d'héritage. J'avais eu raison d'être patiente : je retrouvais mon fils.

Son héritage était apparemment moindre que ce qu'il avait escompté. Je sentis son agacement monter devant cette réalité qui n'était pas le signe de la faveur divine. Ah ! Si seulement son père avait été un autre homme, plus riche ! A ces mots, j'acquiesçai doucement. Il marqua un bref temps d'arrêt, sans comprendre. J'insistai. Oui, Simon ne pouvait être son père ! Mais cela tombait bien puisque Simon n'était pas son père. Comme si je lui avais asséné un violent coup derrière la nuque, il chancela et me regarda, les yeux écarquillés, sans voix. « Mon fils, n'aie crainte pour ton avenir. »

Il me repoussa violemment, me projetant contre le mur. Encore étourdie par son geste de colère, je l'entendis murmurer pour lui-même : « Pauvre et enfant du péché… » Puis il se tourna vers moi avec un regard plein de rage. « Tu n'es qu'une vile femelle, engeance du démon ! Tu portes l'entière responsabilité de mes échecs, me cracha-t-il au visage. Comment puis-je me présenter maintenant devant le Messie, le Saint d'Israël ? Quelle légitimité pour l'inciter à lever et conduire son armée de libération ? Je ne sais ce qui me retient de te tuer de mes propres mains… »

Il quitta à l'instant même la maison. Mais je savais que ses sentiments seraient passagers. Il n'avait que moi. Il reviendrait.

Néanmoins, j'avais besoin d'argent. Pour moi d'abord, pour vivre maintenant que j'étais veuve. Pour lui ensuite ; un prince ne pouvait avoir une pauvresse pour mère.

J'ai toujours été une personne pleine de ressources. Hormis la perte de la vision de l'œil droit depuis le jour où Judas avait levé la main sur moi, j'étais encore jeune et belle. Aussi, même si ça me dégoûtait profondément, c'est à cette période que j'ai commencé à proposer mes faveurs.

*

Mon fils est un être exceptionnel. Il est promis à un avenir hors du commun.

Je le sais depuis toujours.

C'est à une entrée triomphale de mon fils dans notre bourg que j'ai assisté ce soir. Son rabbi avait gagné en popularité ces derniers mois et nombreux étaient ceux qui le suivaient désormais. Des hommes du village étaient partis l'écouter et étaient revenus enthousiasmés de ce qu'ils avaient vu et entendu : il parlait du Royaume qui arrivait ; il avait ramené à la vie une fillette et un jeune homme. Ils lui avaient donc proposé de faire halte chez nous lorsqu'il se rendrait à la Ville.

Et c'est ainsi que ce soir, j'ai soudain vu une foule bruyante, hétéroclite et bigarrée envahir notre paisible localité. A sa tête marchait fièrement Judas, à la droite de son rabbi qu'il guidait. Quand il me vit, Judas se précipita dans mes bras et m'étreignit longuement. J'étais émue même si je ne voulais pas me l'avouer. A quelques pas derrière, le rabbi attendait, respectueux de nos retrouvailles.

Judas me prit par la main et me présenta enfin. « Ma mère, rabbi : Saraï. » Le prédicateur me salua avec douceur : « Shalom, la paix soit sur toi et ta maison. Je suis Jésus, de Nazareth. Je te remercie de nous accueillir chez toi, Jézabel. Viens que je te présente ma mère, Marie. Elle va t'aider. »

Je faillis m'étouffer. Jézabel ? Je ne lus rien de sarcastique ou de malveillant dans le regard de Jésus. J'y vis une pointe de lassitude ou de tristesse, sans acrimonie. Judas n'avait pas eu l'air de remarquer l'erreur de son maître, ni aucun de ceux qui me connaissaient. Personne n'avait donc entendu ? Allons bon, finalement tant mieux ! Mais moi, j'étais pourtant sûre de ce que j'avais compris.

Et puis « nous accueillir » ?! Combien de personnes allais-je devoir héberger ? Le Messie, pourquoi pas, mais pas la meute de chiens galeux qui le suivaient, quand même ? Apparemment, si. Les voisins proposèrent aussi avec obséquiosité d'ouvrir leurs maisons. Je n'allais pas les laisser me voler l'occasion de rencontrer ce futur grand personnage puisque, a priori, il avait un rôle à jouer auprès de mon fils.

J'ai fait la connaissance de la mère de Jésus. Elle ne me plut pas du tout. Le genre de femme que je fuis comme la lèpre. Une veuve comme moi ; on aurait pu bien s'entendre comme le pensait son fils. Mais avec ses gestes délicats et son sourire caressant, elle me sembla aussitôt fausse. Oh, ses manières, sa douceur et son respect à mon endroit étaient sans défaut, mais quand je la regardais, un feu s'allumait en moi, comme un brasier de haine. Mon Fils vivrait à l'ombre du sien, son destin et sa gloire éclipseraient les miens. Et cette humilité tellement naturelle, qui lui valait tant d'attentions de la part de son fils ! Je l'aurais giflée si je l'avais pu, juste pour le plaisir d'effacer ce sourire qui me détruisait. Mais le pire, c'était que cette femme s'occupait aussi de MON Judas ! Et lui, il lui souriait en retour, comme jamais il ne m'avait souri à moi ! En préparant le dîner, je me demandais s'il ne me restait pas quelques graines de ricin dans la réserve…

Ce soir-là, méthodiquement, alors que Marie et d'autres femmes m'aidaient à servir le rabbi et ses compagnons, j'ai observé Judas. Il s'était fait beau pour le repas : il avait passé une tunique fine que je lui avais jadis brodée avec patience ; il avait passé au doigt un anneau d'or ; sa chevelure brune avait été disciplinée et un voile de parfum enveloppait délicatement toute sa personne. Il paraissait en adoration devant son maître. Il buvait ses paroles, riait à la moindre occasion, guettait son sourire, son approbation. Je le sentais fier d'être à sa droite, dans sa demeure, la tête reposant près de son épaule. Lorsqu'il posait les yeux sur moi, quelque chose dans son regard me narguait : il avait réussi, par lui-même, à se faire une place au côté d'un éminent personnage. Il prenait vraisemblablement un grand plaisir à me traiter comme une servante devant tous ; au point que le rabbi finit par lui glisser une remarque à l'oreille qui, le faisant rougir, le força à se lever et à discrètement me présenter ses excuses. J'exultai : il n'avait pas changé. Je pouvais le reprendre, et je savais comment. En voyant son regard se durcir ou ses remarques devenir sèches chaque fois que quelqu'un, homme ou femme, accaparait l'attention de son maître, quelle qu'en soit la raison, futile ou d'importance, je compris qu'en vérité il était attiré par cet homme au visage doux et au regard décidé, attiré plus qu'il n'aurait dû, plus peut-être même qu'il n'était capable de se l'avouer. C'est ce désir d'amour qui allait me permettre de reprendre la main et de me venger de ce Jésus et de sa mère. Ce désir grandirait dans le cœur de mon Fils jusqu'à le torturer et, le moment venu, avec la parole appropriée, le porterait à l'action. Comme pour Esther. Comme pour moi. Il me suffirait d'être patiente.

*

Mon fils est un être exceptionnel. Il est promis à un avenir hors du commun.

Je le sais depuis toujours.

Comme il est difficile de ne pas jubiler ! Judas revint quelques mois après, la mine défaite. Il ne supportait plus la proximité de tous avec son rabbi et il lui en voulait d'accueillir chacun avec la même patience et la même bonté.

Il me raconta, agacé, l'épisode de cette femme hystérique qui s'était élancée sur Jésus pour toucher les franges de son manteau, persuadée qu'elle allait guérir du mal qui l'accablait.

Il me parla de cet aveugle dont Jésus avait touché les yeux et qui avait aussitôt recouvré la vue. Ou de ce lépreux que Jésus avait touché et qui avait été purifié. Ou de ce centurion qui avait appelé à l'aide pour son serviteur. Ou de ce…

Judas n'arrivait plus à s'arrêter de déverser le trop-plein d'émotions qui lui avait lentement empoisonné le cœur et obscurci le jugement. Comme lorsqu'il était enfant, je le pris sur mon sein, lui caressai les cheveux, et le berçai doucement. Ses larmes qui coulaient devinrent des sanglots de colère lorsqu'il évoqua, hoquetant, cette femme, cette prostituée qui était arrivée hier soir, au cours d'un banquet, avec un flacon d'albâtre contenant un parfum de très grande valeur à la fragrance extraordinaire qu'elle avait sûrement acquis par sa débauche, qu'elle versa sur les pieds de Jésus. Il revivait avec dégoût la scène, la femme en pleurs à genoux aux pieds du rabbi, ses longs cheveux détachés devant tous et retombant sur ses épaules ; ses gestes, d'une sensualité déplacée, alors qu'elle caressait les pieds de Jésus sous le prétexte de les essuyer. Elle se mettait en scène dans le rôle de la pécheresse repentie aux yeux du maître qui, dans sa grande bonté – sa naïveté, oui ! – n'y voyait que du feu alors qu'elle venait faire, en comédienne et serpent qu'elle était, une démonstration éhontée de ses charmes et de ses pratiques. Judas ne comprenait pas pourquoi Jésus avait laissé faire. Il lui en voulait terriblement. Le pire, c'est que Jésus lui avait même fait des reproches quand il avait ouvert la bouche pour manifester sa désapprobation : « Laissez cette femme ! Pourquoi la tourmenter ? Il est beau, le geste qu'elle a eu envers moi. D'avance elle a parfumé mon corps pour mon ensevelissement. »

Sans compter que, dans leur groupe, il y avait ce Jean que Judas avait parfois vu le maître prendre à part pour l'entretenir. Un garçon dont il fallait se méfier, jeune, intelligent et au regard pur. Il avait d'ailleurs soutenu le rabbi sur ce dernier épisode – Judas l'avait pris comme un affront personnel.

Au final, Judas ne percevait plus le but de sa présence auprès de ce Jésus. Ô douce victoire ! J'eus beaucoup de mal à contenir ma joie lorsque Judas me confia que les prêtres complotaient contre son rabbi qui, en dépit de tous les miracles qu'il réalisait, n'était pas capable d'assumer le rôle qui lui était échu de tout temps : lever une armée, chasser l'envahisseur romain et assurer la suprématie d'Israël sur toutes les nations. Avec une douceur toute calculée, je lui glissai tendrement à l'oreille : « Peut-être a-t-il besoin que tu l'aides ? » Je le sentis se raidir, j'avais encore une fois su trouver la corde sensible. « Un héros ne se révèle que dans l'adversité, poursuivis-je. S'il était acculé par ses adversaires, sans doute vaincrait-il sa répugnance à montrer sa puissance. » Judas me repoussa brutalement, bouleversé, comme si j'eusse été un serpent. Sa lèvre inférieure tremblait, son visage exprimait un mélange d'horreur et de dégoût qui me cingla comme un fouet, mais je sus me montrer forte et soutins son regard sans ciller jusqu'à ce qu'enfin, se détournant, il s'enfuisse dans la nuit.

Le lendemain matin, il était de retour. Fermement, il me communiqua sa résolution d'aller trouver les grands-prêtres pour leur livrer celui qu'ils essayaient en vain depuis des mois d'arrêter. Jésus triompherait, les réduirait en cendres et prendrait sa juste place parmi les grands rois et prophètes du peuple d'Israël ; et lui, Judas, celui par qui tout serait arrivé, aurait enfin sa place incontestée à sa droite. Je l'écoutais discourir avec gravité, hochant la tête avec approbation. A la fin je le félicitais, lui renouvelant mon amour maternel et le couvrant de mille caresses, avant de le reconduire à la porte.

C'est avec une fierté non dissimulée que je le regardai partir vers son destin, fierté envers lui, certes, mais surtout envers moi. J'avais fait mieux que le ricin.

*

Mon fils est un être exceptionnel. Il est promis à un avenir hors du commun.

Je le sais depuis toujours.

Judas a réussi à mener à bien ce qu'il s'était fixé. Je le sais car les signes me l'ont révélé. L'obscurité est tombée sur le monde à la troisième heure et j'ai vu des choses dans cette ombre qui m'ont raconté sa grande victoire.

*

Mon fils est un être exceptionnel. Il est promis à un avenir hors du commun.

Je le sais depuis toujours.

On entend depuis des jours de nombreux échos des événements qui se déroulent à la Ville par les pèlerins qui rentrent chez eux et qui passent inévitablement sur la route qui longe notre bourgade. Tous témoignent de ce qui s'est opéré durant la Pâques : Jésus acclamé comme un Roi, puis Jésus soudain arrêté et traité comme un brigand, enfin Jésus crucifié.

J'attends maintenant mon fils avec impatience. Les voisins sont atterrés et prennent de mes nouvelles avec douceur, me demandant si je sais comment va Judas, s'il n'a pas été inquiété en tant que disciple de ce maître condamné par les autorités religieuses… Mais je ne suis pas une petite chose fragile ! Les sentiments et les scrupules sont pour les faibles. Je ne suis plus de cette race.

La nuit est tombée tôt aujourd'hui. J'entends dans l'obscurité les voix familières de mes cousines.

Elles semblent gênées. Elles me demandent de m'asseoir. « Les fils de Jonas sont revenus chez leur père. Ils disent qu'ils ont vu Judas tôt ce matin… pendu à un arbre. »

Je sens sur ma peau la chaleur du soleil. Je réalise soudain que mes yeux ont tous deux cessé totalement de voir la lumière du jour.

J'ai renvoyé ces deux idiotes. Mon Fils va revenir d'ici quelques jours. Il attend juste que tout s'apaise à la Ville.

Mon Fils est un être exceptionnel. Il est promis à un avenir hors du commun.

Je le sais depuis toujours. Depuis ma première visite chez la magicienne…

Chapitre 3

Comme s'il venait de quitter un peu trop vite un bateau secoué par une forte houle, Michel sent la tête lui tourner et une vague de dégoût le submerger. La présence qu'il avait ressentie pendant le récit s'était retirée, ne laissant pour toute trace que ces nausées insupportables, avec l'impression d'avoir sur la peau quelque chose de visqueux, froid et brûlant à la fois et sur le cœur l'empreinte d'un mal primordial. Il regarde autour de lui, un peu hébété, mais ne voit que son salon, sobre et familier. Le feu crépite toujours dans la cheminée à côté de laquelle se trouve encore l'indésirable invité de sa soirée. Il s'accroche à son café comme à une bouée, mais grimace à la première gorgée ; le breuvage est maintenant froid et laisse ressortir toute son amertume. Michel bloque sa respiration pour contenir l'attaque de panique qui le submerge. Peu à peu, les spasmes refluent. Il réprime un rot.

« Moi aussi elle me dégoûte », finit par lancer Lu, sarcastique.

Michel ne répond pas tout de suite. Visage fermé, comme s'il n'avait pas entendu la remarque, il prend le temps de respirer largement plusieurs fois. Sans un regard pour son hôte, il se lève, prend la cafetière et se dirige vers la cuisine. Quand il revient avec le liquide chaud, Lu note sur son visage qu'il a retrouvé ses esprits. Aussi le laisse-t-il se servir et boire à petites gorgées son café. La joute va reprendre et il s'en délecte par avance. Il ne s'est pas trompé. Michel repose sa tasse d'un geste brusque et plante enfin ses yeux dans les siens. Avec ravissement, Lu y voit de la colère.

« C'est comme ça que tu veux que je te choisisse ? En me montrant les histoires de personnes ignobles et les turpitudes les plus noires dans lesquelles est capable de s'enfoncer l'âme humaine quand tu habites son cœur ? Vraiment je ne te comprends pas ! »

A son tour, Lu attend quelques instants avant de répondre, sans se départir de son sourire. Voir Michel s'insurger de la sorte est tellement jouissif…

« Elle t'en a bouché un coin la mère de Judas, n'est-ce pas ? Tu ne t'y attendais pas ?! Quel méchant je suis de l'avoir poussée à la damnation et d'avoir par ricochet condamné son fils au même sort ! Eh bien non ! Je ne te laisserai pas penser cela. En vérité, je ne peux pas endosser ce rôle. Cette femme a tout fait toute seule. C'est elle qui est venue me chercher. Dès sa jeunesse, elle désirait sortir de sa condition. C'est elle qui a voulu consulter la magicienne. Ce fut ma porte d'entrée en elle, mais note bien que c'est d'elle-même et de son plein gré qu'elle me l'a ouverte. Je n'ai rien eu à forcer. De même que la mère de Jésus – pouah, ça me dégoûte de penser à elle – a donné son adhésion pleine et entière au plan du Créateur et qu'ainsi le fils de Dieu est venu parmi les hommes, de même le fils de perdition ne pouvait venir dans le monde que par le libre consentement et la pleine soumission d'une autre femme, tout entière dévoyée.

— Mais tu ne réponds pas à ma question !

— N'aie crainte, Michel : j'y viens. Sais-tu pourquoi je t'ai montré tout cela ? La vérité, c'est parce que j'aime l'Homme. C'est dans ma nature. Dieu m'a créé en me donnant l'amour de l'Homme. Mais je souffre en permanence, cet amour me blesse atrocement car je le rejette. Je suis perpétuellement torturé par cela même qui devrait être la source de ma béatitude. Cette douleur me rend fou car l'Homme me torture et pourtant je ne peux vivre sans lui, sans lui infliger à mon tour supplice sur supplice. Tu comprends ? »

Le regard de Lu s'anime graduellement à mesure qu'il parle, jusqu'à jeter de petites flammes rouges. Toute sa personne semble elle aussi décharger des dizaines d'étincelles volatiles et fugaces. Il reprend :

« Alors oui, certes, par nature j'aime l'Homme. Mais je l'aime aussi parce qu'il est mon semblable : c'est la seule créature qui porte en elle la même souffrance que moi et qui est capable de tuer ceux qu'il aime. L'Homme est comme moi. C'est pourquoi tu pourrais me choisir plutôt que Dieu. Regarde : Lui, c'est le Tout-Autre. Il laisse proliférer les êtres mauvais, comme la mère de

Judas ! Lui si puissant, n'est-ce pas incompréhensible ? Combien de guerres, de violences, de désastres depuis que le monde est monde ? Pourquoi laisse-t-Il les mauvais triompher des innocents, l'injustice sur la justice ? Tu sais le pire, qui me concerne personnellement ? Il m'a laissé gagner en me permettant de tuer jusqu'à son Fils, alors qu'Il savait ce qui allait arriver ! Et puis Il annonce que c'est une victoire sur moi ! Aujourd'hui, si on fait le bilan, j'ai tué son Fils, j'ai une bonne partie de son Eglise en mon pouvoir, je fais la pluie et le beau temps dans la marche du monde, à travers la finance, l'industrie, les lobbys, la pornographie et les clubs secrets. Où est-elle Sa victoire ? Où est-elle ? Tu vois, moi non plus, comme vous les Hommes, je ne comprends pas Dieu. En fin de compte, toi et moi, nous sommes pareils. Y avais-tu déjà songé ? »

Michel reste quelques minutes comme tétanisé face aux rugissements qui ont accompagné les dernières paroles de son hôte. Il a beau savoir qu'il ne peut pas lui faire de mal, la vision de la colère de Lu reste intimidante et, prudent, il hésite à le contredire de manière trop directe. De plus, il doit le reconnaître, il n'a rien à opposer à son argumentaire. Mais hors de question de baisser pavillon sans combattre.

« Tu dis que les hommes sont capables de tuer ceux qu'ils aiment ? Je ne suis pas sûr pourtant que la mère de Judas aimait son fils. C'était elle-même qu'elle aimait à travers lui. Caïn n'avait pas prévu de tuer son frère, il voulait parler avec lui et s'est laissé déborder par des sentiments nouveaux qu'il ne maîtrisait pas. Même la sœur de Robert Magnon n'a pas vraiment voulu sa mort. Elle a voulu le blesser. Mais je suis persuadé que si elle avait su par avance les conséquences de son acte sur son frère, elle se serait abstenue.

— Quel naïf tu es, Michel… Et que fais-tu des crimes passionnels ? De ces hommes qui tuent leur conjointe parce que celle-ci est en train de les quitter pour un autre et qui ne supportent pas que celle qu'ils aiment passionnément soit heureuse sans eux ? Il me semble que vos faits-divers regorgent d'exemples. C'est peut-être pour eux-mêmes qu'ils tuent, mais cela n'empêche pas l'amour qu'ils portaient sincèrement à l'autre. De l'amour à la haine, il n'y a souvent qu'un pas. C'est bien parce qu'ils aimaient l'autre qu'ils sont capables de le tuer. »

Touché, blessé dans son être par le souvenir de ses tentations de meurtre au soir de sa rupture, de ses doigts crispés dans ses poches à l'idée d'étrangler celle dont il voulait partager la vie, Michel explose :

— Mais qu'appelles-tu aimer ? Tu corromps ce verbe. Lorsqu'on aime, on ne tue pas ! Tu n'es qu'un pervers narcissique qui se délecte de la souffrance qu'il cause à ceux qu'il prétend aimer ! Et crois-moi, des pervers, j'en ai croisé un paquet dans mon métier ! Menteurs, manipulateurs, mythomanes… sous l'apparence sociale du gendre idéal, des serpents capables de pousser à la folie leurs proies après les avoir convaincues de leur « amour » ! Mais les gens ordinaires, eux, ne font pas ce genre de choses ! Ils serrent les dents, avancent et, s'ils le peuvent, pardonnent ! »

La rage qu'il venait d'exprimer aurait sans doute fait reculer n'importe quel interlocuteur, mais bien loin de marquer un temps d'arrêt, Lu enchaîne en se redressant, face à face maintenant, plongeant son regard de braise dans celui – déjà défaillant – du jeune médecin.

« Petit prétentieux, comment oses-tu juger de qui et de quoi sont capables tes semblables ? Qui mérite d'être un humain « valable » et qui est voué dès le sein de sa mère à la Géhenne de feu, alors que tous, je peux vous avoir en mon pouvoir ? Qui es-tu pour te placer au-dessus des êtres immortels qui veillent à la marche des astres quand toi, tu ne maîtrises pas une seule seconde de ta vie ? »

La présence écrasante de Lucifer le dominant totalement, Michel retombe dans son fauteuil, blême. Lu reprend alors d'une voix plus douce :

« Vous êtes tous blessés. Tous malades. Tous éclopés. Tous, vous vous faites souffrir, certains effectivement en font un art de vivre ; mais le meurtre n'est pas pour vous un acte aussi maléfique que vous aimeriez à le penser. Il est aussi l'acte justicier par excellence, la rétribution du méchant ! Vous voyez un violeur d'enfant, et vous pensez tout de suite : cet homme mérite la mort ! Laisse-moi te dire une chose : le meurtre est le point d'orgue d'une partition d'injustices jouée par l'orchestre de vos sociétés. Il répond à une nécessité ! »

Lu se tient maintenant près du feu enragé ronflant dans l'âtre avec une vivacité surnaturelle sans paraître en ressentir un quelconque inconfort. Sa bouche forme les mots mais son visage reste d'une immobilité de pierre, comme s'il était devenu superfétatoire de simuler la présence de muscles faciaux.

« Lorsque justice n'est pas rendue, lorsque la victime n'est pas écoutée, lorsque les bourreaux marchent en pleine lumière, adulés, que reste-t-il alors comme recours ? Le secours d'un Dieu bienveillant leur envoyant le réconfort depuis ses divines hauteurs ? Mais non ! Il leur demande l'impossible : pardonner et endurer ! Alors on se tourne vers moi pour obtenir ce que le cœur réclame : la vengeance. La fin de la tyrannie, du mensonge et de l'injustice. »

Une fois encore, les flammes gonflent et se déforment, et la conscience de Michel se trouve aspirée vers une réalité différente, dans des montagnes jeunes et découpées couvertes de cyprès, d'oliviers et de fleurs odorantes...

#DenuntiaMythoTuum

Le ciel avait une couleur inhabituelle, formée de larges aplats mats, entre le bistre, l'ocre et le fauve, sans éclat ni relief lumineux. La couleur des triomphes amers, comme on allait me l'expliquer quelque temps plus tard. Je me souviens très bien de l'atmosphère lourde ressentie ce jour-là qui m'avait poussé à aller faire un rapide tour du côté de mes ruches à l'orée des bois s'étalant au pied de la montagne du Rhodope, car je craignais un orage. J'étais encore à bonne distance que je percevais déjà un grondement au loin qui semblait se rapprocher au fil des minutes. En me retournant, il me sembla entrevoir un éclair argenté perçant à travers le feuillage, mais ce n'est pas du ciel que tomba l'orage ; sans prévenir, éclairs, grêle et tonnerre s'abattirent sur moi, manifestés par une horde sauvage de formes féminines, colonne bestiale, hurlante et hors d'haleine qui en un seul instant frénétique me bouscula, me frappa, me renversa, me piétina, me submergea, m'entraina en avant, m'emportant dans son élan inexorable comme un fétu de paille. Elle était déjà passée et loin devant moi quand le monde arrêta de tourner ; mes sens rattrapant soudain leur retard m'apportèrent pêle-mêle l'image, le son et la douleur : je perdis connaissance.

Quand j'ouvris les yeux et repris mes esprits, ce fut le ciel au-dessus de moi que je vis en premier. Il me semblait quiet maintenant. J'eus beaucoup de mal à me redresser sur mon séant : chacun de mes membres était moulu, une douleur lancinante étreignait mes tempes ; j'étais abasourdi, au bord du malaise. Je réussis à prendre appui sur un arbre puis à m'y adosser quelques minutes afin de retrouver mon équilibre. L'herbe couchée à mes côtés témoignait d'un important piétinement. Oubliées, les ruches ! Les abeilles auraient soin d'elles-mêmes. Je ne sais comment je parvins à me remettre en route et à rentrer chez moi.

Ce n'est que le lendemain que je retrouvai la force de m'inquiéter de mes fidèles butineuses. En remontant, je découvris avec stupeur les nombreux indices laissés la veille par le passage de cette tornade dévastatrice, sorte de piste gardant le souvenir des cris, des coups, odeurs animales et entêtantes de son parcours fulgurant. Lambeaux de tissu accrochés aux buissons, longs cheveux bruns restés prisonniers des branches les plus basses des arbres, mais aussi, plus surprenant, lambeaux de – j'osais à peine y croire – chairs mêlés de sang coagulé, noirâtre. Que s'était-il passé ?

Mes ruches se portaient bien, aussi décidai-je d'aller inspecter plus haut et de remonter les traces jusqu'à leur origine. Je claudiquai un bon moment, jusqu'à arriver à un plateau, bien connu de tous au village car très pratique pour aller faire paître nos moutons. Au fond vers la droite, chacun de nous connait l'espèce de grotte qui peut abriter les pâtres aux heures les plus chaudes ou les protéger en cas d'orage. Mais je compris d'un seul coup d'œil : la foudre était tombée là. L'endroit ressemblait à un véritable champ de bataille : l'herbe était couchée, noircie par plaques, la terre semblait avoir été comme labourée à certains endroits et jonchée de débris indéfinissables. J'avais du mal à respirer, l'air était vicié en ce lieu. Je demeurais là, interdit, jusqu'à ce qu'une terrible vision déclenche en moi un violent haut-le-cœur qui manqua me faire défaillir : tout près de moi, dans l'herbe, paume vers le ciel, une main accrochée à un reste de chair semblait, de son index à demi replié, me faire signe d'approcher. Non, ce n'était pas possible, j'avais mal vu. Je fermai les yeux quelques instants. Mais lorsque j'osai les entrouvrir de nouveau, je dus me rendre à l'évidence : c'était un reste humain, hideux. Le sol se déroba sous mes pieds ; je ne pus garder mon équilibre qu'en m'appuyant lourdement sur mon bâton. Pris de frénésie délirante, je me mis à arpenter en tous sens la parcelle à la recherche de celui à qui appartenait cette main. Mais de personne, point : juste des morceaux épars, noirâtres, recouverts d'un mélange poisseux de sang et de lymphe – abats disloqués d'un monstrueux holocauste.

Choc. Plus de mots.
Haut-le-cœur. Suffocation.
Respirer.
Nouveau spasme.
S'éloigner. Aspirer l'air.
Buter sur quelque chose.
Surtout ne pas regarder.
Renvois acides dans la gorge. Picotements des yeux. Lutter. Bourdonnements.
S'éloigner encore un peu. Nouveau haut-le-cœur, plus violent.
Submergement.
Vomir, vomir, vomir : se vider, se libérer, s'alléger.
Reprendre son souffle, s'essuyer les yeux, chasser les mouches.
Respirer. Tenter de réfléchir, mais à quoi ? Oubli du temps qui passe.
Respirer.
Revenir sur ses pas. Hésitation. S'éloigner de nouveau.
Inspirer longuement.
Prendre la décision d'y retourner.

G. ALBIN AOÛT 2022

Il me fallait rassembler les morceaux disséminés, qui commençaient à attirer mouches et parasites, pour donner une sépulture décente à ce qui avait dû être jusqu'à hier un être humain, mon semblable. Sa mort avait été ignoble. Il avait dû payer quelque crime. Qu'au moins il puisse rejoindre le royaume des ombres et ne pas errer indéfiniment dans notre monde. La piété la plus élémentaire le recommandait. Mais il allait me falloir pour cela regarder l'horreur en face et, pire, la toucher. Je commençai ma macabre besogne, d'abord du bout des doigts. Mais cela risquait d'être très long. Alors je décidai de raccourcir cette épreuve en empoignant franchement à pleines mains les membres morcelés, sans me poser de questions ; s'abstraire de toute logique, de toute émotion – juste faire, pour ne pas sombrer.

Il me fallut malgré tout m'y reprendre à plusieurs fois. La sueur gouttait de mon front sur mes paupières, brûlant mes yeux – mince trace qui descendait avec lenteur, inexorable, énervante, et me forçait à me redresser périodiquement pour la balayer d'un rapide revers de main, jusqu'à la naissance de la prochaine qui perlait déjà à la racine de mes cheveux. A plusieurs reprises, il me sembla sentir une présence à la lisière des arbres. Sans doute un effet de mon imagination et de mes nerfs passablement ébranlés. J'avais perdu toute notion de temps depuis mon arrivée sur le plateau – toute notion de raison aussi. A une exception : l'agencement logique d'un corps humain. A travers mon esprit dérouté, je perçus en effet de manière brève mais très nette qu'il s'agissait d'un homme. Mais de tête, aucune trace.

J'avais beau m'obstiner, elle demeurait introuvable. J'agrandis mon cercle de recherches, le buste penché vers la terre, les yeux rivés sur le sol – rien. C'est pour cela que je mis un bon nombre de secondes à réaliser que j'avais, sous le regard, des pieds chaussés de sandales. Mais des pieds nus, des pieds de chair, avec des orteils roses, des ongles nacrés, qui ne pouvaient appartenir qu'à un être VIVANT ! Je ressentis un intense coup au cœur – encore un ! –, et je me redressai aussitôt. J'avais face à moi une femme, d'un âge indéfinissable, qui me contemplait sans un mot. Sans manifester de surprise non plus. Elle devait m'observer depuis quelque temps.

L'idée stupide qu'elle put me prendre pour l'auteur de cette immonde boucherie me traversa. Peut-être à cause du sang dont je remarquai à ce moment mes mains et mes vêtements maintenant souillés. Je voulus ouvrir la bouche, esquisser une justification mais elle me devança. Sa voix était rauque.

« Tu es un homme pieux, c'est bien. Les dieux et l'âme de cet homme t'en seront reconnaissants au jour où tu seras soumis au jugement de l'Hadès », énonça-t-elle avec lenteur. « Mais pourtant, celui-ci ne mérite pas la peine que tu te donnes pour lui », ajouta-t-elle en crachant au sol.

J'étais interloqué. J'épongeai encore une fois mon visage ruisselant.

« Qu'en sais-tu ? Seuls les dieux, comme tu dis, peuvent connaître qui nous sommes réellement.

— Oui, tu as raison. Mais pourtant je persiste à dire que je sais : lui ne valait pas le mal que tu te donnes, répliqua-t-elle vivement, insistante.

— Tu le connais ? De qui s'agit-il ?

— Si je le connais ? Hélas, oui, à mon plus grand regret, crois-moi ! C'était celui qu'on nommait Orphée.

— Orphée ? Le musicien ? Celui qui avait affronté les terreurs des Enfers pour tenter d'en arracher sa bien-aimée… Comment s'appelait-elle déjà ?... Ah oui, Eurydice. »

D'un coup, cela me revint en mémoire : j'avais vu il y a peu cet homme dans les environs, avec sa lyre. Il m'avait semblé avoir la mine décomposée. Rien d'étonnant pour un jeune veuf auquel le Destin avait si cruellement soustrait sa compagne, sitôt leur hymen célébré. Perdu dans mes pensées, je n'avais pas remarqué l'expression de mon interlocutrice. C'est le ton de sa voix qui me rappela à la conversation.

« Oui, Orphée. Enfin, juste Orphée. Le musicien, si tu veux, même si là aussi, il y a matière à redire. Car pour le reste… » La femme laissa sa phrase en suspens, une expression de dégoût tordant sa bouche, comme si les mots ne pouvaient pas sortir.

« Pour le reste… ?

— Rien. Du vent. Le vide. »

Je ne comprenais pas. La femme dut le percevoir dans mon silence, qui était autant d'étonnement que d'incrédulité. Il faut dire qu'Orphée avait une sacrée réputation chez nous ! On connaissait tous quelqu'un dans notre entourage qui nous avait raconté, les yeux brillants d'émotion, le récit de ses épreuves, qu'un de ses cousins avait entendu d'un ami, lequel le tenait directement de la bouche d'Orphée – privilège incomparable que nous lui enviions tous. Je m'en souvenais très bien. On avait tous essuyé une larme lorsque Eurydice avait été mordue par un serpent. On avait tous applaudi quand Orphée avait pris cette folle décision de partir chercher sa bien-aimée aux Enfers. On avait tous frémi lorsqu'il s'était retrouvé face à Cerbère. On avait tous ressenti… La tension jusque-là exprimée par la femme sembla soudainement m'englober.

« Oui. Du vent. Je maintiens. Tu ne me crois pas, hein ? Tu es comme tous les autres ! »

J'acquiesçai timidement d'un imperceptible mouvement d'épaules, tant je craignais la montée en puissance de sa réaction.

« Allez, finis ta besogne ! De toute façon, personne ne nous a crues… »

Je m'exécutai. J'eus bientôt rassemblé les membres éparpillés. Il me fallut encore creuser un trou. Heureusement la terre était meuble à côté de la petite grotte. Malgré l'absence de la tête, je déposai une obole sur les restes d'Orphée pour lui assurer le passage du Styx dans la barque de Charon.

Quand j'eus fini, la femme repartit avec moi, sans un mot. Mes pensées se bousculaient. Qui était-elle ? Qui allait croire que moi, un simple paysan, j'avais eu le privilège – que dis-je ? l'honneur – d'inhumer le grand Orphée qui avait, il y a peu, bravé tous les dangers et côtoyé les dieux ? Qu'est-ce qui me prouvait qu'il s'agissait bien de lui ? Qu'avait-il fait pour mériter pareille fin ? Ce fut comme si la femme avait entendu mes interrogations.

« Tu ne me crois sans doute pas. Aussi je te propose de revenir demain avec d'autres personnes à cette même heure, là où se trouvent tes ruches, pour que nous te racontions notre histoire. Peut-être alors te sera-t-il possible de nous croire. »

Et sitôt au seuil de ma maison, elle me quitta, sans me laisser le temps de lui répondre.

Je dormis mal cette nuit-là. Je fis des cauchemars épouvantables dont je me réveillais en sursaut avant de sombrer dans une nouvelle phase de sommeil tout aussi agitée. Enfin le jour se leva. J'allais bientôt avoir le fin mot de cette sinistre histoire.

Quand j'arrivai à mes ruches, j'eus la surprise d'y être déjà attendu par une vingtaine de femmes, de tous âges, assises en arc de cercle et qui se levèrent d'un même mouvement à mon approche. L'une d'elle se détacha du groupe et vint vers moi. Je reconnus aussitôt mon étrange compagne de la veille. Elle me salua au nom de toutes et me désigna une large pierre plate où m'asseoir. J'avais l'impression de devenir l'unique spectateur d'un chœur de tragédie et de son coryphée. Car ce qui me fut donné d'entendre était digne des histoires des héros mis en scène dans les plus grandes pièces de Sophocle, d'Eschyle ou d'Euripide, présentées dans les concours à Athènes.

« Tu as découvert hier un corps démembré. Tu as ressenti à sa vue de l'horreur. Mais personne ne finit ainsi sans avoir suscité lui-même une abjection si profonde qu'elle en devient insupportable et il n'y a pas d'autre choix possible que celui de la faire disparaitre pour pouvoir de nouveau respirer librement. Comme toi, chacune de nous avait entendu parler du grand Orphée, le musicien incomparable. Et chacune, la première fois qu'elle le rencontra, fut immédiatement séduite par le charme incroyable que dégageait cet homme à la chevelure retombant en boucles flavescentes sur ses épaules et ondulant au moindre souffle du zéphyr. Un modèle idéal pour les sculpteurs en quête de perfection ! On était tellement subjugué que son talent vocal était bien vite relégué au second plan.

Pour ma part je l'ai rencontré pour la première fois il y a dix ans lors d'une fête donnée chez nous par mon père à l'occasion d'un succès dans ses affaires. Je suis aussitôt tombée follement amoureuse de ce musicien que tous admiraient. Et savoir qu'un homme aussi exceptionnel s'intéressait à une simple jeune fille comme moi me gonflait d'orgueil. Pendant quelque temps je fus au comble du bonheur. Il trouvait tous les prétextes pour me croiser au marché ou au théâtre. Il me fit porter des billets enamourés dans lesquels il semblait me connaître comme personne. Avec lui, j'aurais oublié parents et amies. J'étais éblouie. Alors bien sûr parfois, il s'absentait pendant plusieurs semaines. Mais il me promettait qu'on allait se marier. Pourtant sa demande à mon père tardait… Il trouvait toujours des excuses pour me rassurer. Je finis toutefois par devenir soupçonneuse. Il me reprocha aussitôt ma jalousie. Dans la tiédeur d'une nuit d'été où je l'avais rejoint en secret au jardin après le coucher de toute la maisonnée, il me gifla pour mes doutes, une colère terrible au fond des yeux. Mais le lendemain, je reçus le mot d'excuse de l'homme le plus doux et tendre qui soit. Pourtant quelque temps après il recommença et ce fut dès lors secrètement une alternance de violences inimaginables et de protestations d'amour enflammées qui me menèrent au bord de la folie. J'étais incapable de me détacher de lui, comme un animal pris au piège par le regard du serpent qui l'asphyxie lentement entre ses anneaux. Je sombrais dans la mélancolie. Je finis par réussir à m'extirper de son emprise par un ultime sursaut de volonté, après avoir rencontré Daphné, ici présente. »

Elle me désigna une petite femme brune sur la gauche, qui esquissa un sourire timide.

« Je fis connaissance de Daphné un matin à la fontaine. Je ne parlais plus à personne depuis un moment. Mais ce matin-là, je ne l'avais pas remarquée : c'était elle qui m'attendait. Elle avait la ferme intention de ne pas me laisser repartir sans que je ne l'aie écoutée. Elle m'avait observée à mon insu depuis de nombreuses semaines et avait compris ce que je traversais. Elle me raconta qu'elle avait vécu avec Orphée la même chose que moi : l'idylle de rêve puis le cauchemar. Au début je refusai de la croire. Puis il me fallut bien reconnaître que ce n'était pas le discours d'une femme jalouse qui veut voir une rivale échouer là où elle-même n'a pas réussi. C'était la voix compatissante d'une sœur d'infortune.

J'appris quelque temps après qu'Orphée était souvent vu accompagné d'une certaine Chloé. Je vis la jeune femme les yeux rouges et bouffis plusieurs semaines plus tard. Comme mon père, inquiet pour moi, me proposa peu après d'épouser le fils de son associé, j'ai décidé de me désintéresser de cet homme qui m'avait tant fait souffrir pour me consacrer à mon nouveau foyer. J'ai quitté la région pour suivre mon conjoint et fonder notre famille. Pendant plusieurs années je n'ai plus entendu parler d'Orphée.

Pourtant un jour, il réapparut brutalement dans ma vie par l'intermédiaire d'une voisine affolée dont la fille, mariée dans mon village natal, avait tenté de mettre fin à ses jours. Je partis avec elle pour la soutenir et en profiter pour revoir mes parents. Ce fut le choc en arrivant : sans savoir ce qui lui était advenu, j'eus pourtant l'impression étrange de me voir quelques années auparavant dans le visage décomposé et le corps amaigri de Cassandre. Je laissai les deux femmes tout à leur émotion de se retrouver.

Mais chez moi et dans le village, j'entendis murmurer des mots qui m'avaient jadis été familiers : ... musicien… doigts divins… lyre… voix d'or… génie… muse… Orphée… Mon cœur fit un bond. Je fus surprise de ma réaction. Orphée était toujours dans les parages ? Je m'enquis un peu de lui. J'appris qu'il venait d'épouser une certaine Eurydice, morte le jour même de leurs noces sous la morsure d'un serpent qu'elle n'avait pas vu dans l'herbe. Fou de douleur, il venait de partir pour les Enfers tenter d'amadouer Hadès et Perséphone pour les convaincre de laisser revenir avec lui sa femme bien-aimée.

Ma voisine m'apprit autre chose : sa fille Cassandre avait été violée par le musicien, après avoir fait obstacle avec la dernière volonté pendant des semaines à une séduction éhontée d'Orphée envers son mari. De rage de ne pas pouvoir parvenir à ses fins, il était revenu un matin, en l'absence du mari et des serviteurs, pour se venger comme un lâche. Sans doute ivre après une nuit de débauche, ne réussissant pas à la rosser, il avait fini par se laisser posséder par la furie. Il lui lança au visage de lourds vases, tenta de l'écraser sous une table qu'il renversa puis la pourchassa jusque dans sa chambre où elle essaya de se réfugier, à l'abri de sa folie. Mais cela excita sans doute l'esprit malade d'Orphée : soudainement illuminé d'une terrifiante idée, il saisit une chaise qui se trouvait là et la fracassa au sol pour n'en garder qu'un morceau à la main. Il s'approcha lentement de la jeune femme, comme le chasseur à l'affût qui ne veut pas faire détaler sa proie. Elle, hypnotisée par la lueur de démence qu'elle lisait dans ses yeux et par le mauvais sourire sur ses lèvres, était incapable de s'enfuir ou de hurler. Elle finit par sortir de sa léthargie en comprenant son intention en une fraction de seconde et elle se mit à hurler. Mais c'était trop tard et elle était seule. Elle dut subir de longues minutes l'agression impensable d'Orphée. Quand elle reprit conscience, elle était seule, du sang poisseux partout sur son ventre, ses cuisses, ses jambes. Une douleur insupportable irradiait dans tout son corps, à lui couper le souffle, qui lui envoyait des décharges au moindre geste. Elle ne pensait plus qu'à une chose : faire cesser ce supplice. Dans un désespoir absolu, elle se pendit avec la robe qu'elle était en train de confectionner. C'était la survenue de sa servante dans la chambre, en rentrant du marché, qui l'avait sauvée. Mais sa vie était irrémédiablement abîmée. Car le pire pour elle fut que personne ne crut que le sauvage agresseur pût être le délicat Orphée. On la soupçonna même d'adultère – un adultère qui aurait mal tourné.

En apprenant cela, je sentis les frissons me saisir et une colère irrépressible m'envahir. Mes propres souvenirs que je croyais oubliés remontèrent à la surface de mon esprit. J'en tremblais. Ce musicien encensé par tous était une ordure.

Il revint quelques semaines plus tard, chantant son infortune et son périple aux confins du monde pour sa bien-aimée. Il racontait à qui voulait l'entendre qu'il avait d'abord convaincu Charon, le psychopompe, de le laisser traverser vivant le Styx. Il avait ensuite amadoué Cerbère, le gardien des Enfers, de son chant mélodieux. Et enfin après moult épreuves, il avait atteint le palais du sombre Hadès que par ses plaintes déchirantes il avait persuadé de laisser remonter du Royaume des Ombres la malheureuse Eurydice, à la condition de ne pas se retourner sur elle avant qu'ils aient tous deux atteint aux rivages d'en haut. Mais un amour trop impatient et une malchance tenace en avaient décidé autrement et Eurydice avait rejoint pour l'éternité la demeure des morts. Orphée finissait son récit les larmes aux yeux et les sanglots dans la voix, d'une main tremblante sur sa lyre. Je vis alors son audience et sa popularité s'accroître à proportion de sa peine. Le veuf éploré séduisait encore plus qu'autrefois. Il était l'incarnation même de la douleur, l'inconsolable que l'on rêve de prendre contre son cœur pour lui faire oublier son chagrin.

Mais la douleur que montrait Orphée ne ressemblait en rien à celle de Cassandre et j'eus bientôt un doute. Et si son chagrin n'était qu'une mise en scène artistique savamment orchestrée par un esprit tordu afin d'attirer encore plus l'attention sur lui ? Car franchement, avec le recul, je ne trouvais pas au musicien une voix si harmonieuse que sa réputation de chantre de Thrace le laissait entendre, ni des chants aussi exceptionnels que dans mon souvenir de jeunesse, ni une maîtrise instrumentale si incroyable pour un ancien élève du dieu Apollon lui-même. Alors j'ai décidé de chercher à savoir qui était vraiment Orphée. C'est ainsi que je les ai rencontrées. »

La femme se tut un bref instant et se tourna vers les femmes derrière elle jusque-là muettes.

« Je te présente donc Daphné et Cassandre, Démétra, Agathe, Hélène et Maia, Pénélope, Diana, Ariane et Séléné. Il manque aussi Thalia et Chloé, et leurs deux sœurs. »

A chaque prénom qu'elle énumérait, elle me désignait l'une des femmes, qui me saluait d'un pudique signe de tête.

« Chacune d'elle va te dire maintenant qui est Orphée.

— Un menteur.

— Un manipulateur.

— Un beau parleur.

— Un mythomane.

— Une coquille vide.

— Un grand malade.

— Un impuissant.

— Un fou.

— Un pervers.

— Un monstre. »

J'eus l'impression d'une salve de flèches tirées avec un grand calme et beaucoup de précision par toutes ces femmes. Celle qui dirigeait ce chœur improvisé avait pris place à côté de ses compagnes. Une autre femme se leva et prit la parole à son tour :

« Orphée raconte à qui veut l'entendre ses origines mythiques, fils du roi de Thrace et de la muse de la poésie épique, Calliope. Il devrait ses dons au dieu Apollon lui-même qui lui donna une lyre à sept cordes, auquel lui, Orphée, en aurait ajouté deux en hommage à sa mère. La vérité est bien moins reluisante : Calliope a jadis séduit de nombreux hommes par ses chants et ses nombreux talents mais… comme hétaïre. C'est en remerciement de ses faveurs qu'un riche homme d'affaires du nom d'Apollonios lui offrit une magnifique lyre un jour, qu'elle transmit à son fils. »

Elle se rassit dans un silence total. J'avais oublié où j'étais. Dans les bois, au théâtre, qu'importait ? Si c'était vrai, c'était à peine croyable. Une femme sur sa droite s'avança à son tour.

« Orphée, dit-on, était l'amant éploré d'Eurydice qu'il partit arracher des Enfers avec pour toutes armes son chant, sa lyre et ses plaintes. A son retour, dans un chagrin savamment mis en scène, il fuyait les femmes et l'amour, par fidélité désespérée à son amour perdu. Mais Eurydice n'a jamais existé que dans son imagination. En réalité, Orphée a quitté la région quelques mois, après le suicide d'un adolescent. Voilà pour les Enfers. Il est parti avec sa lyre et ses trois chiens, voilà pour Cerbère. Car en réalité, si aucune femme n'avait jamais obtenu les faveurs du beau musicien, c'est parce qu'il les réservait uniquement aux hommes. »

La femme reprit tranquillement sa place. Une autre derrière se leva.

« Quand, non content d'avoir fait du mal à tant de femmes par le passé, il revint de son escapade et commença à inciter nos hommes explicitement à se tourner vers des relations entre eux, ce furent les paroles de trop. Les plus âgées d'entre nous sommes allées le voir. Il nia tout en bloc, se plaça en victime, commença à pousser des hauts cris, à prendre le Ciel et la Terre pour témoins de sa bonne foi. Nous eûmes un doute. Nous serions-nous laissées déborder par nos émotions à vif ? »

Elle se rassit. Une petite jeune femme à sa gauche prit le relais.

« Sauf qu'à l'issue d'un banquet à la maison où Orphée était convié, parce que je m'inquiétais depuis le gynécée du bruit inhabituel qui allait réveiller mon bébé, j'ai eu le choc de découvrir, en pénétrant dans la salle, une scène d'orgie. Une dizaine d'hommes ivres, encouragés au-dessus de leur mêlée par un Orphée bestial, éructant des insanités qui feraient rougir tous les satyres de nos contrées. Il n'avait plus rien de la statue idéale de Praxitèle ! »

Sans une émotion apparente, elle reprit place dans le cercle. La femme rencontrée la première se leva de nouveau.

« Nous nous sommes toutes concertées. Nous sommes allées prier Dionysos au pied de la montagne et nous avons imploré l'aide de sa fureur dévastatrice pour nous venger. Car il n'y avait plus d'autre solution. Ce qu'il avait fait à chacune de nous et de nos familles, il le ferait à d'autres. Il fallait retrancher cet homme mauvais de la surface de la terre pour retrouver notre paix. Nous avons aussitôt senti monter en nous une énergie inconnue, qui vint d'abord chatouiller le bas de notre colonne vertébrale, puis serpenta progressivement jusqu'à la base du cou. Et puis après… Je ne me souviens pas très bien… Une seule chose me reste nettement : avoir lu la terreur au fond des yeux d'azur du précieux Orphée en voyant notre horde de Ménades accourir à lui toutes griffes dehors, rugissantes, déterminées à le déchirer de notre furie.

— Mais sa tête, qu'en avez-vous fait ? »

Je m'étonnai moi-même d'avoir osé interrompre ce terrible récit.

« On est allé la jeter dans l'Hèbre, pour que le courant l'emporte à jamais et que même les restes impies par lesquels le mal est passé – ses yeux, sa bouche, sa langue – ne viennent pas souiller notre terre sacrée. »

Un long silence s'installa après ces derniers mots.

Puis avec beaucoup de douceur, l'une après l'autre, chacune des femmes se releva, passa près de moi, me frôlant de sa robe légère et, en procession, toutes redescendirent la colline.

Aussitôt l'ombre quitta les bois. Le poids qui m'oppressait depuis hier sembla se soulever et disparaître. Je redécouvris d'un regard neuf et surpris les chênes verts aux hautes frondaisons, les tendres tilleuls, les frêles coudriers et les frênes dont on fait les lances. Cette nature, qui venait d'être témoin des pires horreurs, allait aussi les apaiser.

Me resteraient longtemps en tête dans un raccourci saisissant la vision des lambeaux ensanglantés de tissus et de chairs de ce qui fut Orphée et celle des robes légères de ces femmes qui, remontées des ténèbres de leurs souffrances, retrouvaient la vie. Eurydice avait finalement réussi à sortir des Enfers.

Chapitre 4

Une fois de plus, la vision s'efface et Michel se retrouve, épuisé, dans son salon. Saturé d'émotions, d'images et de pensées contradictoires, il a l'impression d'avoir vécu plusieurs vies depuis le début de cette soirée. Portant les yeux à sa montre, il constate qu'il est 1h32 du matin, attestant le passage normal du temps et l'ancrant de nouveau dans cette réalité. Son point de fatigue a été dépassé depuis un bon moment et maintenant son corps lui envoie généreusement un regain d'énergie.

« Alors tu vois, Michel, comme c'est facile de tuer... Pas besoin d'être une personne fondamentalement violente. Ces femmes étaient de frêles jeunes filles, de simples mères de famille... Ignorées par leurs maris, méprisées par les juges, elles n'ont eu d'autre choix que de se faire justice elles-mêmes. Quand elles ont prié Dionysos, qui crois-tu qui leur a répondu ? Dieu, ou moi ? Ai-je eu tort de les aider ? Sois donc mon juge, ô Tout-Puissant Docteur ! »

Michel doit bien convenir qu'il trouve juste le châtiment d'Orphée, le violeur, le pédéraste, le menteur, le meurtrier… le profanateur de l'innocence. Mais il ne peut pas non plus oublier les larmes du vieil apiculteur devant la dépouille charcutée et la simple beauté de son acte réparateur, essayant de donner une sépulture décente à un homme dont il ne savait rien. Il pressent que c'est derrière cette fraternité universelle qu'exerce spontanément le brave homme que se cache une des clés du mystère. Mais il a ressenti combien la violence du témoignage et du verdict des bacchantes avait brisé en lui quelque chose d'essentiel : sa foi et sa confiance en l'humanité.

« Tu les a aidées… à laisser libre cours à leurs instincts. De victimes elles sont devenues bourreaux. Ça laisse des marques. Est-ce que tu as obtenu leurs âmes pour ça ? »

« Certaines oui, certaines non. Elles se sont mises à haïr leurs époux et les lois de leurs cités pour ne pas les avoir défendues mais, à mon grand regret, la plupart sont retournées dans leurs foyers et ont recommencé à vivre tranquillement, dans le respect des traditions. »

Lu parle avec désinvolture, presque de l'ennui. Mais, marquant une brève pause sur la fin, il ajoute avec malice :

« Mais le vieil homme, lui, je l'ai eu. »

Michel accuse le coup. Le choc lui fait lâcher la fragile prise qu'il avait commencé à assurer dans son esprit.

« Lui ? … Comment ? »

« C'était un homme de son temps. Il a mal supporté que des femmes s'arrogent ainsi le pouvoir de vie et de mort sur un homme, fusse-t-il une belle ordure comme Orphée. Il a voulu obtenir justice et dénoncer le meurtre du jeune poète… mais tout le monde a fait la sourde oreille, refusant de croire à son histoire. A la fin, il a maudit les dieux et les hommes. Encore maintenant, il crie à l'injustice depuis les tréfonds de mon Royaume, ce brave homme. »

Michel sent les larmes couler sur son visage. Tout son monde intérieur s'est écroulé. Il n'a plus la force de parler, les sanglots naissent et meurent sans rythme dans sa poitrine. Lu s'avance et s'agenouille devant lui.

« Pourquoi ne parle-t-on pas de toi, Michel ? De ta souffrance à toi ? N'as-tu pas assez souffert encore toi-même, pour que tu t'accroches encore aux faux-semblants de tes croyances ? »

La morve et les larmes coulant de son nez et de ses yeux sans même qu'il ait le réflexe de les essuyer, Michel articule laborieusement :

« Hein ? Mais moi, je ne…

— On pourrait parler de Séverine… ta douce fiancée… qui t'a abandonné de manière inattendue, à quelques mois de votre mariage il y a huit ans de cela… »

Lu ménage une petite pause pour considérer l'effet produit par sa dernière phrase. Michel n'est plus qu'un gosse perdu, tout son édifice psychique anéanti. Il est mûr.

« Veux-tu savoir pourquoi elle t'a quitté ? Ce qu'elle est devenue ? »

Michel produit un borborygme, faisant gonfler puis éclater une bulle au coin de son nez. N'importe qui lui aurait tendu un mouchoir… mais pas Lu. Les mucosités ne le dégoûtent pas vraiment, et ce qu'elles lui disent de l'état de son interlocuteur le remplit au contraire d'une jubilation qu'il peine à cacher.

« Allez, va. C'est ton jour de chance. Je te montre. »

Michel n'a pas le temps de renifler une protestation qu'il n'est déjà plus dans son petit salon.

Sur le trottoir du restaurant parisien où elle vient de rompre avec lui huit ans plus tôt, Séverine passe sous ses yeux, sans le voir, observateur sans substance. Abasourdi, il contemple son moi de l'époque à travers la vitrine de l'établissement, encore attablé mais incapable de réagir, anéanti. Il s'abandonne lui-même pour emboîter le pas de Séverine. Il va enfin savoir ce qu'il s'est toujours interdit de rechercher : le pourquoi de sa décision et la suite de son histoire à elle. Sa longue chevelure ondule dans son dos à chaque pas. Elle prend le métro, change de ligne deux fois. Puis elle sonne enfin sous un porche et, dès que la lourde porte s'ouvre, elle se jette sans un mot dans les bras d'un homme qui la soulève de terre et la fait tourner dans les airs de bonheur avant de la faire entrer chez lui en lui demandant avidement : « Alors ça y est, tu es libre ? » La scène s'arrête là.

Puis reparaît sous ses yeux le nouveau compagnon de Séverine. Il joue sur la scène d'un grand théâtre le rôle de Cyrano. A la fin de la représentation, le public lui fait une ovation triomphale. Quand il revient dans sa loge, celle-ci est remplie de bouquets, de cadeaux, de lettres. Séverine n'est pas là. Michel la voit qui allaite un bébé, tout en lisant une histoire à une petite fille d'environ deux ans. Elle semble très fatiguée. Des cernes violets viennent creuser ses joues roses. La petite fille s'endort, le bébé également. Elle s'installe sur le canapé, ramène un plaid sur elle et allume la télévision devant laquelle elle finit par s'endormir.

Pendant ce temps, l'homme s'en va faire la fête avec ses amis comédiens après la représentation. Ç'avait été la dernière ce soir, après plusieurs mois à jouer à guichets fermés. Toute la troupe est réunie dans le bar. Ça rit fort. Ça boit sec. Plus tard, après la soirée officielle, certains décident d'aller finir la soirée en boîte. L'homme est de la partie. Il semble très alcoolisé. Sitôt arrivé, entraîné par l'ambiance survoltée du lieu, il commence à se rapprocher d'une de ses collègues, à danser en se frottant sur elle qui glousse, tout aussi ivre que lui. Puis Michel ne voit plus rien.

La scène d'après, Séverine a visiblement été abandonnée par son compagnon avec leurs deux enfants et est obligée de retourner vivre chez ses parents en province. Elle a perdu de sa superbe. De l'étudiante en école de commerce que Michel a connue, belle et ambitieuse, il ne reste plus qu'une femme amaigrie, déchue de son fantasme de vie avec un artiste sans pour autant regretter le confort petit-bourgeois que lui aurait conféré une union avec ce médecin insignifiant qu'elle avait jadis plaqué, parti s'établir dans une région minable. Elle le sait parce qu'elle s'est renseignée. Elle lutte maintenant pour sa survie, avec rage, avec orgueil, préférant mourir que d'avouer s'être trompée.

Encore après, Michel voit qu'elle est maintenant en couple avec un séduisant banquier divorcé et forme avec celui-ci une famille recomposée. Sa fille de six ans est souvent en proie à des terreurs nocturnes. Le petit de quatre ans teste sans cesse les limites. Sa belle-fille, en pleine crise d'adolescence, lui reproche parfois de lui avoir volé son père. Séverine doit assumer son travail de gérante d'un commerce de mode dans une ville moyenne et sa nouvelle famille. L'argent n'est plus un problème, non : l'argent est tout. Il est devenu le centre de sa vie et compense ses frustrations et ses désillusions. Si elle supporte les infidélités de son nouveau conjoint, c'est parce qu'elle ne l'aime pas pour ce qu'il est mais pour l'argent dont il lui permet de disposer. D'ailleurs elle-même ne se prive pas d'en faire autant. Elle ne croit plus en l'amour et ne désire plus rien pour elle-même qu'un frigo bien rempli, des comptes bien garnis, une belle façade sur les réseaux sociaux et une bonne baise de temps en temps.

Michel se retrouve dans son salon, face à l'Autre, tout aussi brutalement qu'il en est parti. Dire qu'il est triste est un doux euphémisme. La tristesse l'habite au point qu'il pourrait en mourir. Cette fille, il l'avait aimée et considérée jusqu'à désirer en faire sa femme pour toujours. Et voici qu'il se trouvait confronté à la vérité : il avait souffert à cause de quelqu'un qui n'en valait pas la peine. Il avait même prié pour elle, demandé au Ciel son bonheur. Quel con !

Michel sort de lui-même, tiré de son esprit par l'intensité avide des prunelles noires de nuit dans lesquelles il se reflète aussi clairement que dans le cristal. Jamais auparavant il ne s'était vu avec une telle lucidité : sa naïveté, sa faiblesse, sa gentillesse, ses illusions, ses principes idiots… Il en discerne à présent toutes les failles, toutes les fêlures. Il se surprend à se détester. Puis les yeux se retirent car Lu se relève, dominant Michel de toute sa hauteur. Sa voix n'est plus mesquine et sarcastique. Elle est grave, profonde, sincère.

« Tu t'en veux, tu te crois coupable d'avoir fait un mauvais choix, d'avoir porté inutilement ta douleur et plus encore d'avoir espéré vivre dans l'avenir la belle rencontre qui justifierait cette expérience atroce, lui donnerait du sens. Mais tu n'as pas à t'en vouloir. C'est Dieu qui, en vous créant hommes et femmes, vous a coupés en deux, vous donnant des personnalités et des besoins tellement différents qu'ensemble, vous ne vous apportez que du malheur. Vous n'êtes jamais au même endroit au même moment. Quand l'homme sort de lui-même, attiré par la passion dévorante des débuts, la femme demeure circonspecte, enfermée dans ses doutes… Et quand elle choisit de se livrer, c'est poussée par son goût du drame, du fantasme, qui lui fait préférer l'enfer d'une relation toxique à la sérénité d'un amour acquis. Mon Royaume déborde de ces âmes prisonnières, déchues, orgueilleuses. C'est pour cela que je m'en prends aux femmes pour faire chuter les hommes depuis les origines : elles peignent votre vie de blanc ou de noir, vous élèvent ou vous avilissent. Elles qui sont de votre chair et de vos os, vos aides créées par Dieu, sont également mes leviers de choix pour vous faire basculer dans le vide. Et c'est la Vérité. »

Michel accueille ces paroles presque avec reconnaissance. Elles façonnent en lui comme une échelle lui permettant de remonter de ses abysses. Qu'il s'agisse d'un raisonnement de pur orgueil ne le dérange absolument plus : il a besoin de refaire surface, coûte que coûte. Cette main tendue, noire et griffue, il doit la prendre pour ne pas se noyer.

Mais alors qu'il s'apprête à la saisir, les flammes de la cheminée se mettent derechef à projeter dans son monde leurs lumières fantasmagoriques, le faisant basculer à nouveau dans un univers qui n'est pas le sien.

Le goût du sang

J'erre sur Internet. Il est 2h du matin et je suis en pleine crise d'insomnie. Cela fait plusieurs semaines que j'ai du mal à dormir. Ces nuits-là, je sais qu'au petit matin, je finirai par m'effondrer pour quelques minutes, peut-être quelques heures. Si cela persiste, il faudra que je consulte un médecin. D'habitude, en attendant, je tourne en rond chez moi dans le salon. Sauf que depuis huit jours, on est coincé dans cette prison que beaucoup de nos amis m'envient – ce paquebot, dans les Antilles, avec les collègues de travail de Louis. Croisière de luxe offerte à toute son équipe pour les résultats exceptionnels obtenus cinq années de suite. Pas d'échappatoire. C'est le signe de la réussite professionnelle de mon mari. Il a travaillé dur pour y arriver. Alors toute la journée, je fais bonne figure. J'essaye de profiter de cet endroit incroyable, de ses prestations hors normes et des paysages fabuleux que nous visitons à chaque escale.

Mais les meilleurs rhums ne parviennent pas à anesthésier ma souffrance ; les plages paradisiaques ne réussissent pas à apaiser ma peine ; les casinos ne peuvent m'offrir de réconfort ; les plats raffinés de la cuisine de palace sont fades à mon palais ; les soirées les plus extraordinaires m'indiffèrent. Je suis seule, entourée de trois mille personnes. Je suis vide. Je répugne à me mettre en maillot de bain – on pourrait y voir ce trou béant en moi. Louis serait tenté de me prendre dans ses bras, de toucher mon ventre et cette pensée m'insupporte. C'est bien connu, on ne met pas de sel sur une plaie à vif. Alors au long du jour, je donne le change et je trouve des prétextes quand c'est trop dur. Mais on respecte ma douleur et mon deuil. « Moi aussi, j'ai fait une fausse couche il y a cinq ans ; on n'y est jamais préparé. Prends ton temps pour surmonter ton chagrin, sois à l'écoute de toi-même. Je suis là si tu as besoin. »

Ariane, la femme du chef de projet, a tenté cette après-midi de me sortir de la détresse dans laquelle elle m'a sentie. Je n'arrête pas d'y repenser. Je crois que c'est pour cela que cette nuit je ne trouve pas le sommeil. J'ai apprécié ses mots. Sincèrement. Elle m'a prise spontanément dans ses bras. Avec elle j'ai osé pleurer, et ça m'a fait du bien. C'est la première à ne pas m'avoir dit un ramassis de phrases stupides. Car sitôt que Louis a commencé à en parler autour de nous, ça a été une déferlante de commentaires ahurissants, auxquels je n'étais pas préparée. « Ne t'inquiète pas, tu pourras réessayer d'avoir un nouvel enfant dès le mois prochain.

Vous êtes encore jeunes. » « Vois le positif : tu as une fille et un garçon merveilleux. Le choix du roi ! Occupe-toi d'eux, ils ont besoin de toi. » « Tes enfants grandissent, deviennent autonomes. Tu as vraiment envie de replonger dans les couches et les nuits sans sommeil à allaiter ? » « Si tu as perdu ce bébé, c'est que la nature est bien faite. Il avait sans doute un handicap. Tu aurais été malheureuse. » Face à ces mots, je me suis retrouvée seule ; Louis est resté distant et de marbre – cela non plus je ne m'y attendais pas. Alors Ariane et sa simple présence, sa compassion, c'est un peu de baume sur mon cœur à vif et mes émotions en vrac.

Sauf que, même à elle – et ça m'obsède ce soir – je n'arrive pas à dire la vérité : ce n'est pas une fausse couche que j'ai faite ; j'ai avorté. Et même cela, ce n'est pas vrai. La vérité, c'est que Louis m'a forcée à avorter. Pour cette putain de croisière et sa réussite professionnelle.

*

J'ai perdu pied lorsque nous sommes rentrés à Versailles et que mon amie Sabine, toute joyeuse, m'a annoncée sa troisième grossesse. J'ai bien vu qu'elle y mettait les formes mais je respirais le bonheur qu'elle tentait de minimiser devant moi. Sur le moment, je me suis contenue et mes lèvres ont réussi à formuler des paroles de félicitations. Mon cœur, lui, a senti la lame froide d'un poignard pénétrer dans ma chair et se retourner, inflexible, pour agrandir la blessure. Heureusement, la conversation s'était passée au téléphone. Elle n'a pas vu mon visage. Je devais être livide. A croire que j'étais victime d'une malédiction, la semaine suivante, c'est une autre de mes amies proches qui m'a annoncée la même nouvelle, là aussi par téléphone. J'étais la spectatrice atterrée d'un combat entre mon esprit et ma chair. J'ai essayé de me réjouir pour elles alors qu'en réalité j'aurais aimé à cet instant les effacer de mon existence. J'ai tellement eu mal que j'ai eu envie de me faire mal. Par chance mes enfants étaient là pour me maintenir en survie – en sous-vie, devrais-je dire pour être plus juste. Ils ont compris plus ou moins consciemment ma détresse et tenté à leur manière maladroite et touchante de m'aider. C'est pour eux que je me suis débattue comme je pouvais. Pour ma fille surtout. Pour être présente à ses côtés quand elle deviendra une jeune femme lâchée dans la jungle du monde. Pour mon fils aussi. Pour le guider afin qu'il devienne un homme respectueux, le pilier de sa future compagne.

Mais quand survenaient mes règles chaque mois, la vue du sang, épais, noirâtre, coulant entre mes jambes sous la douche, me dégoûtait ; l'odeur ferreuse me soulevait le cœur. J'ai pleuré. J'en profitais puisque personne ne pouvait me voir ni m'entendre. Je recalculais à chaque fois sur mes doigts l'âge qu'aurait eu mon troisième bébé. Je m'épuisais à ressasser ce chagrin dont je n'arrivais pas à sortir, que je n'étais d'ailleurs même pas sûre de vouloir déposer car il n'y avait plus que la colère au fond de moi qui me permettait chaque matin d'avoir la force de me lever. Mais j'étais tellement épuisée que je me suis enfoncée dans le cercle vicieux de l'insomnie et des troubles alimentaires. Mon esprit a perdu le contrôle de mon corps. Je sentais bien que c'était grave, même si tous autour de moi tentaient de me rassurer. Alors sur les conseils d'une amie, je finis par accepter – bien qu'avec beaucoup d'appréhension et de répugnance – de me faire hospitaliser pour briser cet engrenage mortifère. Je songeai, non sans amertume, à l'ironie de la situation : c'était un passage chez le médecin qui m'avait détruite et m'obligeait à en consulter d'autres pour y être soignée… Pourtant cette fois c'était presque avec soulagement que je m'y rendais.

*

Quatre semaines avec moi-même.

Parce qu'à part les quelques visites du médecin psychologue qui me suit et les repas en commun, je suis seule et j'ai le temps de réfléchir – de comprendre comment tout cela a bien pu m'arriver. On est loin de l'ambiance palace flottant, casino chic et îles au soleil d'il y a quelques mois. Je me sens pourtant plus libre dans cette minuscule chambre blanche impersonnelle au mobilier sommaire, dont la fenêtre donne sur un parc à l'aménagement paysager rudimentaire, avec des plateaux repas sans relief ni saveur. Seuls mes enfants me manquent et c'est pour eux que je suis là. Pour qu'ils retrouvent bientôt une maman debout.

Puisque jusqu'à présent, mettre un couvercle sur cette affreuse blessure, nier la vérité, la déguiser, mentir, rien de tout cela ne m'avait aidé, alors il fallait prendre le contre-pied : étreindre ma souffrance à bras-le-corps, la regarder droit dans les yeux, l'affronter dans un duel sans merci dont la seule issue recevable serait son incorporation à ma vie, son acceptation, à défaut de mieux.

J'ai écouté les conseils de la psychologue, j'ai commencé à noter mes émotions, tout ce qui remontait par bulles à la surface de mon être sans que je sache que faire de ce trop-plein putride. Cela me mettait terriblement mal, je me sentais tellement seule dans mon malheur. J'avais des doutes : que faire de ces horribles souvenirs ? Allais-je être capable de vivre avec eux ? Serais-je un jour libre de les considérer sans être anéantie ?

Il y avait d'abord ce moment inimaginable. Le matin même, je venais de faire un test de grossesse. Assise sur les toilettes, les yeux rivés alternativement sur le petit morceau de plastique et ma montre, j'attends. Mon cœur bat fort. Apparaît progressivement la barre témoin que le test fonctionne, puis la seconde barre indiquant qu'il est positif. Mon cœur bondit. Quelle surprise ! Nous allons agrandir notre jolie famille d'un petit troisième inattendu. Les enfants vont être tellement contents ! Louis est déjà parti au travail. Je vais lui faire une surprise pour ce soir ; en plus, c'est vendredi, ce sera une belle entrée en week-end. Toute la journée, je m'affaire en cuisine. Ce soir, je mettrai les petits plats dans les grands : velouté d'asperges avec ses croquants acidulés de pommes Granny Smith, filet mignon de porc au miel, verrines de tiramisu aux fruits rouges. Festival pour les papilles, partage de bonheur. Je consulte mes blogs culinaires favoris au passage. Je dresse une très belle table – nappe blanche, chemin de table bordeaux, chandeliers et bougies torsadées, vaisselle de fête. Ça fait du bien de sortir un peu de la routine. Louis, tout comme les enfants, est surpris lorsqu'il rentre à 19h30. Mais il va se doucher et se changer de bonne grâce pour me faire plaisir. La soirée est magnifique. Au dessert, je tends à Louis un petit cadeau. Tous essayent de deviner. Une montre ? Un bracelet ? Un stylo ? Vite, le papier est déchiré, Louis ouvre la boite et la referme aussitôt d'un coup sec. Il m'interroge du regard. Je souris. Les enfants n'ont pas eu le temps de voir. Pour couper court à leur curiosité, Louis lâche un laconique : « Maman voudrait un autre bébé. » Je corrige : « Maman attend un autre bébé. » Hurlements de joie, les deux se précipitent sur moi pour me faire de gros câlins. Quand l'enthousiasme se calme, c'est la fin du repas. Il est temps de coucher les enfants. Nous reviendrons au salon tous les deux après. J'ignorais jusque-là que j'allais y recevoir une douche froide, glacée même. Louis m'a regardée dans les yeux et je n'y ai pas lu de tendresse. « Tu as arrêté ta contraception sans me le dire ? C'est ça ? C'est quoi, ton problème ? Tu n'es pas heureuse ? On a déjà deux enfants, ça ne te suffit pas ? Là, cet enfant, ce n'est pas possible ! Je bosse déjà comme un dingue, pour la maison qu'on n'a pas fini de rembourser, pour payer les meilleures écoles pour les gosses, pour nous offrir de belles vacances, pour pouvoir sortir… Pour avoir une belle vie, quoi ! Et toi, sans prévenir, tu viens tout gâcher ! » Le choc, comme après une chute de dix étages ; je suis fracassée. Je n'arrive pas à endiguer son flot de paroles, sa colère froide. Ses mots sont comme des coups. Je finis par réussir à dire que non, je n'y suis pour rien, ce bébé doit faire partie de l'infime pourcentage des chances de tomber enceinte malgré tout. Je vais me coucher la gorge brûlante de pleurs, de déception et de rage contenus. Au lit, il se rapproche un peu de moi, veut me prendre dans ses bras, ne comprend pas ma réaction ; ça me dégoûte et j'esquive. On s'endort fâchés.

Les jours suivants, Louis est resté campé sur ses positions, malgré mes tentatives d'approche. Je suis malheureuse, je me sens coupable. C'est la première fois que je le vois ainsi et j'ai du mal à comprendre. Une semaine après cette soirée catastrophique, il revient enfin un soir du travail avec le sourire, il m'annonce qu'il a engagé une baby-sitter et il m'invite au restaurant. Je saute de joie ! Il avait besoin de temps pour se faire à cette nouvelle qui est venue bousculer notre vie de famille, c'est normal. Il a fait les choses bien, prévu un dîner dans l'établissement étoilé, en plein cœur de Paris, de Jean-Martin Brège, où je rêvais d'aller découvrir sa cuisine créative et raffinée. Mes amis me la vantent depuis son ouverture. Les lieux sont chaleureux, notre table est un peu à l'écart. Je savoure après les jours compliqués que je viens de connaître. J'ai mis la dernière robe de soirée que Louis m'a offerte, rose poudrée, réhaussée de perles et sequins ; une touche de mon parfum fétiche ; je me sens irrésistible et je le vois dans ses yeux. On passe une soirée délicieuse, à base de crémeux de bar, avec ses pickles de radis noirs, et d'une omelette norvégienne revisitée. De ce dessert qui paraissait d'une douceur si prometteuse, je ne vais pourtant garder en bouche que l'acidité provoquée par les annonces qui allaient l'accompagner : Louis m'emmène vivre une croisière incroyable de dix jours aux Antilles d'ici un mois, cadeau de son entreprise pour son investissement exceptionnel ; et pour le bébé il me dit qu'il a réfléchi et qu'il me faut absolument avorter.

J'ai mal entendu. Un instant j'ai vu la pièce tourner autour de moi. Mais tout est parfaitement normal, Louis me fait face dans ce grand restaurant, il me tient la main sur la nappe blanche, il me sourit, il caresse mes doigts. La lumière des chandeliers se reflète doucement dans nos verres. Je reprends mon souffle. Dans la glace derrière lui, je vois le ballet feutré du maître d'hôtel, des chefs de rang et des serveurs qui s'affairent de table en table. Pour cet enfant, Louis a dit qu'il a réfléchi et que nous allons évidemment le garder.

Un serveur nous sépare brièvement le temps d'ôter nos assiettes. Un autre revient avec une tisane au jasmin accompagnée de dernières petites gourmandises. Le service impeccable me semble devenu soudain faux et mécanique, l'homme s'éloigne avec discrétion, nous renvoyant Louis et moi à notre tête-à-tête. Le charme est rompu. Il le sera définitivement. Car dans un brouillard parfumé, j'entends celui que je pensais connaître et aimer depuis plus de dix ans me dire que nous n'avons pas besoin de ce nouvel enfant, qu'il va fragiliser notre équilibre familial, qu'il va remettre en question notre vie sociale, en plus à un moment où lui est en pleine réussite professionnelle, que je ne vais pas gâcher cela, que… Je n'ai pas entendu la fin. Malaise. Trou noir. J'apprendrai plus tard qu'il a profité de cet évanouissement en public pour rendre plus crédible quelques semaines après la version qu'il a fait circuler de la perte naturelle de notre enfant.

J'ai été faible. Je me déteste d'avoir été faible, d'avoir cru ses mensonges, de m'être reprochée mon égoïsme qui me criait de garder cet enfant sans considérer l'intérêt de Louis, d'avoir acquiescé du bout des lèvres à un rendez-vous informatif chez un médecin assez loin de notre domicile sur l'interruption volontaire de grossesse, puis d'avoir laissé Louis prendre pour moi le deuxième rendez-vous où, comme un automate, j'ai avalé le médicament que me tendait le praticien pour arrêter la grossesse. Le piège était refermé sur moi. Quarante-huit heures plus tard, j'ai ingéré le second médicament pour expulser l'œuf comme disait le médecin. J'avais envie de hurler que je n'étais pas une poule, que je portais un petit être en devenir, comme les deux premières fois, mais les mots ne pouvaient sortir de ma gorge. A l'image de cet enfant qui aurait voulu rester en moi et auquel je faisais la pire des violences. En sortant du cabinet médical, j'attendais toutefois les paroles consolatrices de Louis, sa reconnaissance pour le sacrifice que je faisais par amour pour lui. Mais il sembla ne pas voir mon visage ravagé et il lança en me tenant ouverte la porte de la voiture : « On dira ce qu'on veut mais vivement la ménopause, que je n'aie plus à subir ça ! » Les premières contractions ne devaient pas arriver si vite. C'est pourtant sur ce parking que je ressentis la première, dans une fulgurance inouïe.

Puis pendant des heures, je ne fus que nausées, contractions et saignements. Les jours suivants, je fermais les yeux à chaque passage aux toilettes, repoussant même au maximum le moment où je devais m'y rendre. Je ne voulais plus voir ce liquide rouge s'écoulant de moi – sentir son odeur était une abomination suffisante. Je ne sais même pas comment j'ai eu la force de m'occuper des enfants, comment j'ai pu leur dire que j'avais perdu ce bébé, comment j'ai pu supporter leur déception et leurs câlins, comment j'ai pu endurer leur innocence : « Ne t'inquiète pas, Maman, on demandera à Noël un autre bébé tout pareil, mais qui reste cette fois ». Nos proches ont appris que j'avais fait une fausse couche puis, après l'échographie de contrôle attestant l'efficacité du procédé, Louis et moi sommes montés dans l'avion en direction de Fort-de-France.

*

A l'hôpital, j'ai beaucoup réfléchi. Comment en étais-je arrivée à ce point d'aveuglement et de perte de jugement ? J'ai cherché à comprendre. J'étais entrée en voulant trouver quel était mon problème. L'aide de la psychologue a été déterminante. J'ai enfin ouvert les yeux. J'avais été une victime, manipulée par cet égoïste qui ne pensait qu'à lui.

Dans mes longs moments de solitude, je n'avais rien d'autre à faire que de lire sur Internet ; mon obsession me ramenait sans cesse aux mêmes sujets : l'avortement, les personnalités manipulatrices, la reconstruction des victimes de traumatisme, le deuil périnatal… Le spectacle de ces vies, semblables à la mienne ne m'offrait aucun soulagement, au contraire : toutes soumises, toutes stupéfiées, toutes victimes, toutes complices complaisantes… La sororité que je me découvrais avec ces femmes de tous les milieux et horizons culturels me rejetait dans le dégoût de moi-même, de ma faiblesse. Elle m'avait fait abdiquer mon libre-arbitre face à un choix de vie ou de mort pour la chair de ma chair. Alors, j'ai voulu me faire mal : à coup de griffes, de hurlements, de vomissements. Mais j'étais à l'hôpital, face à du personnel capable de contrer mes excès à l'aide de calmants. Je ne pouvais laisser couler ma souffrance que dans la douche. Je n'avais plus goût à rien et, petit à petit, je ne goûtais vraiment plus rien : un toast de foie gras ou un bout de pâté industriel en boîte auraient eu la même saveur. C'est ça qui me fit réellement toucher le fond car le goût, voyez-vous, c'est le sens du bon et du mauvais, du bien et du mal, le sens qui organise le monde ; le perdre, c'est perdre la capacité de reconnaître et de dessiner le meilleur de ce que la vie peut nous offrir.

J'en étais là, prostrée sous le jet d'eau insipide, la bouche grande ouverte pour essayer d'en discerner le goût de chlore et de calcaire, quand j'ai senti de nouveau le sang couler entre mes cuisses. Mais alors que j'avais ordinairement ce moment en horreur, voilà qu'il s'accompagnait cette fois-ci d'un phénomène étonnant : l'odeur de cuivre et de fer, de chair trop mûre, je la SENTAIS sur ma langue, sur mon palais, dans ma gorge. Elle ressuscitait en moi ce que je croyais mort, elle repoussait le rocher du tombeau qui m'avait engloutie. Je glissai la main vers la source. Le nectar rougeâtre, un peu filandreux, luisait sur mes doigts. Sans réfléchir, je les portai à ma bouche, tendis la langue et goûtai l'indescriptible : durant un instant, mon cerveau explosa sous un torrent d'émotions et de sensations. Mon sang avait le goût du crâne doux de mon bébé que je ne pourrai jamais embrasser pendant la tétée ; le goût de la bile et de l'amertume de ma haine envers moi-même ; le goût du meurtre que j'avais accepté sous cette fausse contrainte et, écrasant tout comme un solo de trompette par-dessus les violons, un goût nouveau et merveilleux : celui de la vengeance, qui ne me quitterait plus jamais.

Le jour même, je commençai à changer d'attitude envers le personnel de l'hôpital. Je fis mine d'apprécier mes repas, je souriais, je plaisantais. Bientôt on me considéra guérie et je pus faire mes adieux aux blouses blanches. Combien de fous dangereux ont dû être relâchés comme moi par des médecins ravis de leurs succès ! Car guérie, je ne l'étais pas, loin de là. Mais je venais de découvrir ma thérapie.

*

Chez moi, on a fêté mon retour autour d'un bon repas. Louis avait engagé un chef à domicile pour me faire plaisir. Il est vrai qu'après le régime médiocre de l'hôpital, ç'aurait dû être un feu d'artifice pour mes papilles : mousse de saumon, gambas snackées et ses tuiles croustillantes pour l'entrée, suivies d'un tournedos Rossini et sa galette de pommes de terre, accompagnée d'une mousseline de shiitaké ; pour finir une verrine tout en fraicheur de mangue, coco et pamplemousse... mais rien. J'ai fait semblant, tellement bien que dans l'euphorie de nos retrouvailles, Louis m'a demandé comment j'appréhendais la suite et m'a assuré qu'il serait là pour moi, qu'il me soutiendrait. Paroles, paroles, paroles... J'ai souri, laissé dire, laissé croire... J'avais commencé à me dédoubler : en façade, je redevenais la femme d'avant, souriante, avenante, conciliante ; en dedans, la lionne tournait en cage et elle avait faim de sang.

C'est tout de même grâce à cette soirée qu'une idée s'est imposée dans mon esprit : notre intérêt commun pour la cuisine allait servir à me venger, de la manière la plus élégante et la plus répugnante qui soit – à l'image de mon époux : irréprochable en surface et immonde à l'intérieur.

Il y a quelques années de cela, au début de notre mariage, nous avions eu envie, Louis et moi, de faire une activité en couple. Pour lui, il fallait que ça bouge : trekking, tennis, régates. Moi, c'était plutôt le créatif : danse, modelage, origami. Mais Louis aimait aussi beaucoup cuisiner le week-end ou dès qu'il en avait le temps. C'était agréable de partager ces moments de préparation à quatre mains. C'était l'occasion d'être ensemble, d'échanger, de se taquiner, de se défier, bref d'avoir des moments privilégiés en couple. Alors quand on a entendu parler par des amis de cours de cuisine non loin de chez nous donnés par le grand chef étoilé Frédéric Escabèche, on s'est laissé tenter. Louis était ravi et flatté à l'idée de se perfectionner sous la houlette de ce chef prestigieux et j'y voyais l'occasion de sortir et m'amuser ; j'aurais l'occasion de rendre jalouses mes amies par le récit de mes aventures.

C'est ainsi que nous nous sommes retrouvés un soir de novembre dans un atelier à Vincennes. Une immense salle de cuisine, avec de grandes verrières dans un style industriel chic et tendance, très parisien. Les postes de cuisson et les fours professionnels ringardisaient l'équipement familial dans lequel nous avions investi et dont nous étions pourtant fiers. C'est avec un plaisir non dissimulé que nous avons revêtu notre veste de cuisine sur laquelle était brodé notre nom et que nous avons ceint notre tablier. Nous allions apprendre à réaliser ce soir-là un plat monochrome.

Passé l'effet de surprise, nous avons en binôme choisi le jaune, jaune comme le soleil qui nous manquait tant en ce début d'hiver et nous rappelait le mimosa de nos dernières vacances sur la Côte d'Azur, entre Nice, Cannes et Menton. Le chef et ses assistants nous ont aidés dans la création d'un poulet au miel et curcuma accompagné de son risotto au pâtisson relevé d'une pointe de curry et d'un cromesqui à la polenta et cœur de poivron jaune : gourmand, fondant et croquant. Ce fut un franc succès et le premier de nos plats vraiment élaborés.

D'autres soirées se sont succédées. Comme dans les émissions que nous regardions à la télévision, nous avons appris à réaliser des plats en trompe-l'œil, à revisiter des classiques de la gastronomie française ou à associer des saveurs improbables. C'était un vrai plaisir !

Puis nous avons eu notre premier enfant, notre petite fille. Au début, nous avons essayé de continuer à préserver notre sortie mensuelle à l'atelier culinaire, mais très vite cela devint compliqué et l'envie s'en alla, vaincue par les contraintes de notre nouvelle vie à trois. Nous étions très fatigués et si nous avions un moment, nous préférions désormais le passer chez nous. Avec le temps, et à mesure que ses responsabilités dans son travail croissaient, Louis cuisina moins, puis plus du tout. Ne demeura que le plaisir de temps à autre de bien manger, sans avoir à cuisiner. Désormais la confection des repas reposa exclusivement sur moi. C'était moins drôle. A l'arrivée de notre deuxième enfant, je me mis à faire des plats familiaux en quantité suffisante pour ne pas avoir à cuisiner pendant deux jours, juste à réchauffer avant que Louis ne rentre du travail. Cela m'agaçait un peu que celui-ci se soit déchargé totalement sur moi de ce qui devenait maintenant une corvée, mais c'était ainsi. Je réservais désormais les petits plats raffinés qui me demandaient du temps pour les dîners plus officiels des jours de fêtes, pour épater la famille et les amis, et pour des occasions spéciales.

*

Depuis toutes ces années où je m'intéressais à la cuisine, je connaissais nombre de sites Internet sur le sujet, des pages de chefs illustres aux blogs d'influenceurs culinaires tendance, en passant par les recettes mises en ligne par Madame Tout-le-Monde. Je les avais pas mal délaissés ces derniers temps. Mais quand le soir de mon retour Louis se montra si faux, j'eus une illumination : j'allais concilier ces deux mondes pour le punir. Je ne savais pas encore de quelle manière j'allais m'y prendre, mais je tenais une idée extraordinaire…

En apparence, je redevins au fil des semaines la femme et l'épouse exemplaire que j'avais toujours été. Je mettais même un point d'honneur à endosser ce rôle à la perfection. Mes amies fêtèrent mon retour à la vie avec force cocktails et petits fours. J'étais très fière d'être suffisamment solide désormais pour que le médecin, lors de la visite de suivi quelque temps après ma sortie de l'hôpital, juge que, désormais, je n'avais plus besoin d'une quelconque aide thérapeutique. J'étais en possession de toutes mes facultés. J'allais avoir besoin de rassembler tous mes moyens pour lancer mon plan.

Je commençai par annoncer que j'avais envie de me remettre à la cuisine. Les enfants grandissaient, devenaient autonomes. J'avais plus de temps pour moi maintenant, c'était donc le moment idéal pour redémarrer. Je fis un inventaire complet de mes placards – et le résultat fut piteux : pâtes, riz, sauces toutes prêtes, conserves, constituaient le gros de mes réserves. Le tiroir à épices, jadis véritable invitation au voyage, faisait triste mine. Les réserves d'alcool étaient au plus bas. Bref, je commençai par une séance d'achats de fond qui n'était pas pour me déplaire. Au passage, je m'offris un joli tablier tout neuf pour célébrer concrètement ce nouveau départ. Je le choisis blanc comme une blouse d'infirmière, avec un petit liseré rouge : un beau vermeil qui me faisait saliver.

Louis se montra content devant mon enthousiasme et mon envie de retourner aux fourneaux et il fut encore plus ravi quand je lui annonçai que j'avais l'intention de me lancer dans la création d'un blog de cuisine. Il fut enfin très flatté et au comble de la joie quand il apprit que j'allais l'inviter chaque mois à un dîner exceptionnel en tête-à-tête avec la grande chef que j'étais et qu'il serait mon goûteur exclusif. Il aurait dû se méfier…

*

Pour notre premier diner, je voulais revisiter un classique de la cuisine française : le boudin noir aux pommes. Et Louis ne serait pas déçu ! J'allais le confectionner avec un ingrédient inattendu, de premier choix, bien frais : mon sang menstruel. Puisqu'il m'avait poussé à tuer notre enfant avec cynisme et désinvolture, il goûterait désormais chaque mois le tribut de mon corps... A mon tour de me délecter.

Après avoir étudié maintes recettes traditionnelles, j'ai imaginé mon plat : j'ai commencé par faire la liste des ingrédients nécessaires, puis j'ai dessiné sur mon carnet plusieurs croquis du visuel que je souhaitais pour dresser mon assiette. L'étape suivante était de partir acheter mes denrées et j'avoue avoir éprouvé au fond de moi une jouissance secrète à tenir mon rôle devant chacun de mes fournisseurs, heureux de conseiller « la p'te dam' » bon chic bon genre qui venait s'approvisionner de leurs meilleurs produits, sans imaginer un instant le noir dessein que je tramais. J'en ai même rajouté sur le côté « dadame » en portant, pour accompagner mon panier en osier, un collier de perles et ce carré Hermès que je détestais, cadeau de Louis le jour où il avait obtenu sa première promotion. J'ai réalisé ma recette sans l'élément surprise, à plusieurs reprises, pour la tester. Je l'ai goûtée, modifiée ; il fallait que ça soit parfait pour le grand jour.

Louis me demandait quand nous inaugurerions nos diners romantiques. J'éludai la question dans un grand sourire, lui répondant qu'il ne devait pas s'impatienter, que ça viendrait en son temps, quand je serais prête. Parce qu'évidemment, je n'allais pas lui dévoiler l'ingrédient central qui, à l'instar des plus grands crus des vignobles renommés, ne se récoltait qu'à une période bien précise ! Et puis, j'avais réfléchi au problème de la quantité de sang nécessaire à la préparation d'un boudin, même petit. Je n'en perdrais pas suffisamment en deux ou trois jours. Dans le meilleur des cas, je m'étais renseignée, j'en recueillerais 60 ml, jusqu'à 80 ml si j'étais particulièrement en veine ! Il était donc nécessaire de le mélanger à du sang de porc. De toute façon, on n'était pas à une horreur près. Du porc pour un porc, rien de plus normal finalement. Et par ailleurs, j'avais besoin de ce sang animal pour réaliser le boudin pour ma propre assiette. Il y avait aussi le problème de la conservation du sang, entre 2 et 4°C, le moins longtemps possible pour garantir la qualité du produit.

Enfin, un matin, avec une joie sauvage, je pus accueillir l'écoulement sanglant qui s'échappait de mon corps… J'avais essayé et peaufiné ma recette à de nombreuses reprises, j'avais élaboré le reste du menu, j'avais commandé les vins, j'avais prévu les moindres détails pour faire de cette soirée un moment grandiose et inoubliable. J'étais prête. Dans trois jours, ce serait le grand soir. L'heure de ma vengeance avait sonné. Alors, avec mon plus beau sourire, j'annonçai à Louis que j'avais l'immense plaisir de le convier au repas inaugural de la nouvelle ère de notre couple pour le vendredi soir qui arrivait.

*

Le matin du grand jour, je me levai, le cœur battant comme jamais, dans une grande montée d'adrénaline. Je m'affairai en cuisine très tôt pour préparer le petit déjeuner afin de conduire les enfants à l'école le plus vite possible et avoir le champ libre pour l'exécution de mon plan.

Si au début je me sentis quelque peu fébrile, grâce à mon entraînement précis qui n'avait rien laissé au hasard et à ma volonté sans faille, je réussis à fabriquer la pièce maitresse de mon diner. Mieux : j'éprouvais un plaisir indescriptible monter en moi au fur et à mesure que je voyais mon plat prendre forme sous mes doigts. C'était comme une transe où je devenais spectatrice de ce que je faisais. Il y avait un plaisir quasi charnel dans cet acte abominable, une réappropriation de moi-même, de ce flux sanglant que j'avais tant eu en horreur. Louis avait tellement abimé notre relation que je n'arrivais plus depuis à éprouver quoi que ce soit dans mon corps ; j'étais comme morte à l'intérieur. Créer ce plat ignoble me fit ressentir pour la première fois depuis longtemps des sensations agréables dans le bas-ventre. Je voulus prolonger ce moment. Alors me vint une idée supplémentaire : saboter l'entrée et le dessert, pour mieux mettre en valeur mon plat. Il n'était aucunement question que Louis se régale. J'aurais toujours comme excuse de n'avoir pas cuisiné de plats aussi complexes depuis bien longtemps et de m'être mis la pression pour que ce repas soit une réussite.

A 19h30, ce soir-là furent donc servis un Martini glacé avec son olive vinaigrée et quelques zakouski. Ils furent suivis d'un velouté tiédasse et sans sel de lentilles vertes du Berry et son croustillant de lard. Vint ensuite ma saucisse royale au sang accompagnée de sa compotée de pommes à la cannelle et aux quatre épices et de son écrasé de pommes de terre et patates douces. Pour finir, j'apportai des tranches d'ananas rôti, sorbet trop acide de citron vert et ses tuiles croustillantes.

Ce fut un triomphe sans partage ! Je me régalai à observer la crevure qu'était devenu mon époux ! Il mangea tout jusqu'au bout, le boudin comme le reste. Le boudin, mieux que le reste, devrais-je dire. Car les seules petites critiques qu'il émit furent, sans surprise, pour l'assaisonnement de l'entrée et l'acidité du dessert.

Ce soir-là, avant d'aller me coucher, j'allai fièrement inaugurer mon blog en partageant ma première recette, avec un tuto et une belle photo de l'assiette réalisée. Après avoir hésité quelques instants, j'omis toutefois d'évoquer ma touche personnelle.

Puis j'allai me glisser sous la couette peu après, pleine de désir de tenir désormais ma vengeance et l'autre abject en mon pouvoir.

Louis fut surpris de la conclusion passionnée de cette soirée. Je suis sûre qu'il l'attribua à son charme irrésistible et au temps, qui était enfin venu à bout de ma dépression. Il aurait sans doute conclu différemment si, au moment de sombrer dans le sommeil, il avait pu voir dans le noir mes yeux brillants d'excitation et le sourire qui se dessinait sur mon visage à la pensée déjà impatiente du mois prochain et de la soupe de betteraves cuvée spéciale que je lui réservais… Il avait fait couler mon sang et celui de notre enfant mêlés. Et croyez-moi, du sang, il allait en bouffer.

Chapitre 5

Michel revient au réel en position fœtale sur le tapis. Une flaque tiède et rance baigne sa joue. Son corps a réagi à l'horreur à laquelle son esprit avait été assujetti ; aux spasmes ont succédé une faiblesse qu'il connaît bien. Abandonné, sa seule pensée se réduit à l'immense regret qu'il a d'avoir bu autant de café. Sans la moindre considération, son visiteur est accroupi devant lui comme un chat curieux devant une souris mourante. Plus de sarcasme, plus d'humour. Les artifices sont terminés, c'est l'heure de la mise à mort. Pourtant, ce n'est pas une attitude de prédateur qu'il lit dans les traits de son tortionnaire.

« Tu vois ? Tu vois ce que Dieu a fait de nous ? Ce à quoi il nous condamne ? Moi, je te fais du mal alors que je t'aime, toi tu me rejettes alors que je te ressemble… Tu voudrais faire le Bien mais tu n'en as pas les moyens, et le Mal te dépasse toujours, survient partout. Aucun bonheur n'est acquis, aucune joie ne perdure, l'union de l'homme et de la femme produit la séparation, le ressentiment, le dégoût, la mort, dans un cycle sans fin de génération en génération. Et il faudrait rendre grâce ? Et il faudrait dire merci ? Et il faudrait montrer patte blanche ? »

Michel concentre toute sa volonté sur ses bras, son dos, sa nuque. Il s'arrache au tapis collant. Pas une grosse perte, de toute façon. C'était le tapis que sa mère lui avait offert pour son installation et il en avait toujours détesté les motifs campagnards. Un tapis qu'elle avait, en bonne parisienne pur jus, choisi pour son « pittoresque ».

A grand-peine, il parvient à articuler :

« Et toi, alors ? Tu me proposes quoi ?

— Je ne peux pas te mentir. Tu souffriras avec moi, mais au moins, nous serons ensemble contre Lui. Il nous a créés pour que nous soyons unis par l'Amour, nous pouvons nous liguer contre Lui dans la Haine. Plus de vaines promesses, plus d'espérances déçues. Je te mortifierai jusqu'à ce que toute ton humanité, ta faiblesse et ton égo soient réduits en cendres, puis je te refondrai en pierre morte pour édifier mon Royaume, sur lequel je monterai Le défier à la fin des temps. Tu seras une ombre, un lémure, un moins que rien, mais tu auras l'occasion de briller avec moi lorsqu'Il sera obligé de nous abattre comme des chiens enragés comme Il a refermé la mer sur les Egyptiens. Je t'Haime, Michel. Choisis-moi, je t'en supplie ! »

Cette détresse. Ce besoin d'être validé. Ce ton. Cet abîme insondable de souffrance sans la moindre lumière. Lu s'exprime en vérité comme un amoureux transi, désespéré, maudit, prêt à se trancher les veines. Michel, objet de ce désir égoïste sans limite, se tient au bord du précipice. Il considère le saut, il va sauter, tout vaut mieux que de prolonger cette folie vide de sens qu'est l'existence sur cette boule de glaise flottant dans l'immensité. Tout un monde de ténèbres lui chuchote – désespoir, désespoir, désespoir. Il se bouche les oreilles. Ne plus entendre. Se recentrer. Sentir son cœur battre. Son cœur. Sa vie. *Sa* vie !

Il s'assoit.

En changeant de position, il change de perspective. Pourquoi se hâter ? Le seul cadeau de l'existence, c'est le temps. Le temps de penser, de réfléchir. Le temps qui guérit, le temps qui apaise. Le temps qu'on lui refuse depuis le début de cette soirée, depuis qu'il travaille, depuis ses études, depuis qu'on l'a abruti de devoirs et de responsabilités. Ce soir, il n'en a plus, de responsabilités. Il est broyé, certes, mais libre. Totalement libre.

Et enfin il voit la fierté de sa mère lorsqu'il a été reçu en deuxième année de médecine. Il repense à la petite fille leucémique qu'il a accompagnée durant son internat, à son sourire quand il lui apportait du rab de lait fraise. A sa tristesse quand elle est morte, mais aussi à la paix qu'il a ressentie en priant pour elle le soir de son enterrement. Il se revoit enfant dans l'église des moniales de la rue Monsieur, lors de sa retraite de profession de foi. Il se rappelle cet étrange vieillard qui, tout écroulé qu'il était, semblait redevenir jeune lorsqu'il fermait les yeux devant le mauvais portrait de Jésus sauveur accroché dans une alcôve. Cette rencontre de l'intériorité, cet appel ne l'avait jamais quitté, mais avait-il mis ses priorités pour suivre cet appel ? Il avait essayé, comme un petit animal savant, de lire, de comprendre… Il en avait tiré quoi ? Des principes ? Des valeurs ? Des certitudes préfabriquées ? Jamais il n'avait réellement connu cette illumination intérieure qui semblait habiter ce vieil homme… vieil homme qui avait fait écho à celui du récit d'Orphée, mais qui n'était finalement qu'une version idéalisée de lui-même, cherchant le bien dans l'application de rites et d'habitudes inculquées depuis l'enfance. C'était ça, ce qu'il désirait vraiment : être ce vieux qui était BEAU. Être enfin plein de quelque chose au lieu de se vider un peu plus chaque jour en s'usant face aux ténèbres du monde.

La tête entre les mains, au bord du gouffre, enfin Michel pense clair : la seule chose au monde qu'il désire véritablement, c'est la lumière. Toutes les paroles décousues de son enfance lui reviennent en mémoire et prennent soudainement sens : « Je suis la Lumière du monde », « Je suis le Chemin, la Vérité et la Vie », « Si tu savais le don de Dieu et qui est Celui qui te dit : 'donne-moi à boire', c'est toi qui Lui aurait demandé et Il t'aurait donné de l'eau vive. » Toute sa vie, il avait regardé à l'extérieur pour trouver une trace de Dieu et il avait négligé de regarder au-dedans. Là, maintenant, il sait que Dieu n'est pas ce qu'on lui a dit qu'il était : tout-puissant ? Certes, mais infiniment petit et humble. Omniscient ? Certes, mais infiniment sensible et vulnérable. En chaque homme, Il est en danger de mort, comme Il a été en danger de mort la seconde où Il a mis les pieds dans notre univers sous les traits d'un petit enfant né d'une vierge et confié à la garde d'un homme juste : traqué par des assassins, incompris par les sages, Il ne peut parler qu'aux débris, aux dépouillés, aux lépreux. Il se livre tout entier jusqu'à accepter de mourir ignominieusement comme le dernier des criminels et, accompagné dans son supplice par deux brigands, trouve le moyen d'avoir pour l'un d'eux les paroles qui le guideront vers Lui par-delà le trépas. Oui, Dieu ne l'a jamais quitté ni abandonné. Oui, il a choisi son métier pour aider et guérir ses semblables. Oui, il a choisi de pardonner à Séverine et de la bénir malgré la blessure qu'elle lui avait causé. Oui, il a bien écouté la petite flamme en lui… Mais l'a-t-il jamais laissée être aux commandes ? Il y a eu tant de voix discordantes autour, tant de choix présentés comme nécessaires qui ne l'étaient pas…

« Merci. De tout cœur, merci. »

Lu se fige. Tout son être semble pétrifié de stupeur.

« Tu m'as délivré de moi-même, cette malédiction que tu as offerte à Caïn. Tu m'as révélé les liens invisibles qui me lient à ma famille, à mes amis, à la société, liens pervertis qui ont créé Judas à travers sa mère. Tu as apporté la Lumière sur le mensonge de ma construction intérieure, ma justice personnelle, qui faisait obstacle à ma liberté. Enfin, tu m'as libéré de mes attentes et tu m'as montré où je dois agir, en étant attentif à toutes les souffrances autour de moi pour qu'elles n'engendrent pas des monstres. Moi, Michel Pépin, le petit médecin des hommes, je dois me porter au secours de Dieu. Merci. Tu as redonné sens à ma Vie. »

A chaque mot, comme cinglé par un fouet, Lu recule mécaniquement dans un recoin sombre. Il se tasse, se tasse, se tasse, jusqu'à se voûter et perdre sa cohésion.

« Tu l'as dit toi-même, en Vérité, tu accomplis l'œuvre de Dieu à ton corps défendant. Tu essayes de nous tuer en apportant sur nous une lumière stérile, lucide, pour nous pousser au suicide. Mais tu ne peux empêcher ce qui a été déposé en nous de briller. Tu dois nous pousser à l'étouffer comme toi tu l'as étouffé, pour que nous devenions semblables à toi. Je ne veux pas. C'est là la seule chose que j'ai jamais vraiment aimée et désirée. Si tu l'avais encore en toi, tu comprendrais et tu changerais… mais ce n'est pas le cas. Va-t'en, à présent, et ne me trouble plus jamais. »

Poussant un terrible rugissement, l'Informe se ramasse et bondit tel un lion en direction de Michel, des flammes consumant son visage déjà déformé par une rage incoercible. Mais, perdant toute substance, il passe telle une ombre et quitte ce monde en laissant derrière lui un sanglot déchirant. L'horloge du lecteur DVD sous la télévision marque 3h01.

La pièce est vide. La cheminée est froide. Lu est parti.

Michel n'a pas besoin de vérifier la présence de la tâche de vomi pour s'assurer de la réalité de ce qu'il vient de vivre. Il n'en parlerait jamais (« tu as dû souffrir d'une intoxication alimentaire, avec tout ce qu'on met dans les pizzas industrielles ! » lui dirait probablement sa mère) mais au fond de lui, il y a maintenant un roc. Un roc indestructible qui survivra à tout, même à la mort. Il est né à nouveau.

Mais la naissance est un processus fatigant ; sa première décision en tant qu'homme neuf est donc, naturellement, d'aller se coucher. Comme un enfant sur le sein de sa mère, qu'il n'a jamais vraiment connue alors qu'il grandissait pourtant en elle. En s'endormant, il murmure cette prière : « Bénis sois-Tu, Seigneur, Dieu de l'Univers, toi qui as fait le Ciel et la Terre et bénis sois-Tu même pour ton ange, le porteur de lumière, car sa chute nous oblige à considérer notre liberté… »

Quelque part, au fond des abysses, le Prince de ce monde claqua la porte et s'enferma pour bouder.

TABLE DES MATIERES

Remerciements

2022 aura été pour moi une année incroyable ! C'est donc avec émotion que je tiens à remercier une nouvelle fois celles et ceux qui m'ont soutenue avec toujours beaucoup de bienveillance pour que ce deuxième livre voie le jour.

D'abord vous, les lecteurs de mon premier livre, *Et Dieu marchait dans le Jardin*. Vos retours souvent enthousiastes, parfois très touchants, m'ont donné beaucoup de force et de confiance. C'est pour vous que j'écris, en pensant à vous, en imaginant vos réactions. J'ai hâte d'aller de nouveau à votre rencontre et de partager de belles émotions.

Ensuite mon Guillaume, mon binôme de choc. Il y aurait tant de choses pour lesquelles te remercier… Mais un merci tout particulier pour les magnifiques illustrations réalisées pour ce livre, en plus de la couverture ! Je suis toujours aussi admirative, après toutes ces années avec toi, de ton talent si varié.

Et puis mon équipe de relecteurs affûtés : Véronique G., Martine F., Bon-Papa et Bonne-Maman. Merci de prendre autant à cœur le travail que je vous confie ! Vos regards croisés me sont d'une grande aide pour livrer le texte le plus juste possible.

Et à vous qui venez de finir la lecture de ce livre, s'il vous a plu, n'hésitez pas à me suivre sur les réseaux sociaux pour être au courant de mes prochaines parutions, dédicaces et projets :

 Stéphanie Albin – Auteur

 stephaniealbinauteur

Stéphanie

Quelque part dans l'univers, un remous se fit ressentir, suivi d'une voix amusée qui glissa :

« Pour un amateur de pommes, c'est un comble de s'étouffer sur un Pépin ! »